アルカリ色のくも

宮沢賢治の青春短歌を読む

Sato Michimasa
佐藤通雅＝編著

NHK出版

アルカリ色のくも　宮沢賢治の青春短歌を読む

目次

装幀

間村俊一

本文デザイン

浅妻健司

カバー写真

©HIDEKI NAWATE/SEBUN PHOTO/amanaimages

編集協力

梅内美華子

校正

青木一平

DTP

天龍社

序　賢治短歌への入場券

宮沢賢治が岩手県稗貫（ひえぬき）郡里川口村（現花巻市）に生まれたのは、明治二十九（一八九六）年八月二十七日です。同じ年の六月十五日に、明治三陸大津波は起きました。以後、東北の地は洪水・凶作・疫病などにたびたび襲われています。やがて賢治は、東北砕石工場技師として仕事をするようになりますが、過労が重なり、ついに急性肺炎で亡くなります。昭和八（一九三三）年九月二十一日のこと。やはり同じ年の三月三日に、昭和三陸大津波は発生しました。

宮沢賢治といえば、創造力豊かな詩人・童話作家のイメージがあります。しかしその生涯は、東北の大災害や、過酷な気象条件を背後におく日々でもありました。詩や童話を多作する一方で、「自分に実践できることはなにか」を問いつづけた出発点は、そこにあります。

創造の方向を遠心性というなら、自分の在り方を問う方向は求心性です。この両方向へ引き裂かれながら、なおかつ自分の場にとどまろうとしたところに、

東ニ病気ノコドモアレバ
行ッテ看病シテヤリ
西ニツカレタ母アレバ
行ッテソノ稲ノ束ヲ負ヒ

（「雨ニモマケズ」）

のようなことばは生まれてきました。これら一語一語が、平成二十三（二〇一一）年三月の東日本大震災時、多くの人々を慰め、励ましてくれました。大震災から十年を経て、やっと立ち直ろうとしたときに、今度は新型コロナウイルス禍に苦しむ事態となりました。賢治の描いた『グスコーブドリの伝記』のブドリの生き方が、ふたたび胸に迫ってきます。

苦境に立たされるたびに、賢治を読み直してみたくなる。これはなぜなのでしょうか。そもそも表現者賢治は、どのようにして生成されてきたのでしょうか。

この問いに立ったとき、まず一番はじめに短歌表現のあったことが思い返されます。青春期の唯一の表現は、「五七五七七」でした。それなのに、十分に評価されてきたとはいえません。理由は、つぎのような作品を見るとわかります。

屋根に来てそらに息せんうごかざるアルカリいろの雲よかなしも（作品番号73）

巨なる人のかばねを見んけはひ谷はまくろく刻まれにけり（74）

定型には当てはまっている、しかし既成の短歌の考えからは、なにかがずれている。ずれていながら、不思議な魅力もある。これはどういうことなのだろうか、どのように読んでいったらいいのだろうか。

この謎に取り組んでみようとしてはじまったのが、「NHK短歌」連載の「宮沢賢治の短歌」です。第一回は平成二十八（二〇一六）年四月号。以来四年かけて主な作品の鑑賞をつづけ、令和二（二〇二〇）年三月号で終了しました。

この間、参加してくださったのは、九名の現役歌人です。第一部はその鑑賞録、第二部は全体を見わたしたうえでの解説文です。どちらから読んでいただいても、かまいません。

これをきっかけに皆さんも、賢治短歌の世界へ入場してみませんか。入場券には年齢制限がありません。短歌をやっている人も、やっていない人も、まったく自由です。

不可思議さは、あちこちに散在していますから、「めんどなさいばん」になるかもしれません。その分、思わぬ魅力に出会ったり、自分なりのとらえ方を見つけたりできるかもしれません。

二〇二一年二月

佐藤通雅

第一部
宮沢賢治の短歌鑑賞

明治40（1907）年ころの
花巻川口町
（写真提供　林風舎）

※本文中の賢治の短歌作品の引用は、原則として『宮沢賢治全集3』（ちくま文庫）に拠ったが、それにないものは、『［新］校本宮沢賢治全集第一巻』に拠った。

鑑賞〔第一期〕

盛岡中学校時代

明治42（1909）年、
盛岡中学校１年生の賢治
（写真提供　林風舎）

0a1

中の字の徽章を買ふとつれだちてなまあたたかき風に出でたり

鑑賞——大西久美子

明治四十二（一九〇九）年四月、岩手県立盛岡中学校入学時のエピソードを、後年に回想して歌った可能性が高い作品である。それは、森荘已池（もりそういち）校註の『宮澤賢治歌集』（日本書院・昭和二十一年二月二十八日発行）で森が「ほんとうに賢治が、歌らしい歌を作りはじめ、ノオトにも記録しはじめたのは、明治四十四年盛岡中学三年生、十六歳のときからである」と「解説」に記していることからも明らかである。さて、鑑賞を始めよう。

四月の盛岡はまだ寒い日が多い。しかし、この日は思いがけず、湿った南風が吹いたのだ。それにしても、何ともいえない嫌な皮膚感覚を残す「なまあたたかき風」である。十三歳（宮沢賢治は八月生なので実際は満十二歳）の少年が名門中学校の入学を手放しで喜んではいない感触だ。不気味さと不安も漂う。その後に続く「風に出でたり」からは、場（「風の町」「風の中」など）を省略することであたかも「風」そのものに出てゆくような、現実からはみだした意識の世界が浮びあがってくる。「つれだちて」も不思議な物語を心に呼び込む。事実は、盛岡中学校の徽章（バッジ）を購うために父と一緒に町へ出かけたのだが、ここを省略することで現世と彼岸の間へふたりがでかけてゆくような揺らぎさえ覚える。

背景を知っていれば読者は省略を補いながら事実に沿って読み解くことができる。しかし、この省略こそが、歌に不思議な空間を生みだす力となっていると思うのだ。

鑑賞――内山晶太

まず、背景情報を排除して読む。「中の字の徽章」というので、いきなりつまずく。つまずくというか、「中の字の」の初句が急すぎるのだ。最初からイノシシのようにがつがつ進んでくる。そういう感じが濃厚である。結句まで読む。この「なまあたたかき風」には、季節の感触と同時に心情の感触をも伝えているような雰囲気がある。心地よさというよりも、やわらかく圧迫されるような居心地の悪さといえばいいのだろうか、買い物をするときの気持ちからはずれている。「中の字の徽章」は、中学校のバッジだろうと、このあたりでようやく体内に落とし込まれ、おそらく同じ中学に進学した友人とバッジを買いにゆくところだろうと、一首を何度か往来して、読者としてやっと少しすっきりする読みに至るのだが、この歌の詞書（一首の前に置かれた歌の内容を補足する文章）のようなメモによると父親に伴われて中学に寄った際の作品だという。精神的自立をしつつある主体とその父親との屈折した関係性を「なまあたたかき風」に読むことも可能だろう。

0 b 1

父よ父よなどて舎監の前にしてかのとき銀の時計を捲きし

鑑賞――大西久美子

岩手県立盛岡中学校の寄宿舎「自彊寮（じきょうりょう）」の舎監との面談が終わろうとしていた時、父はおもむろに銀時計を懐から取りだして竜頭を捲いた。当時、この時計を持つことは大変名誉なことであり、同時に虚栄の象徴ともなり得るものであった。「質實剛健」「忠実自彊」（正式に生徒心得に「自彊」「忠実」が入ったのは明治四十四年）をモットーとする盛岡中学校の舎監の前でとった「かのとき」の父の態度は、傍らにいた少年・賢治にとって遣り切れないものであったに違いない。舎監もいい気分はしなかっただろう。

この「かのとき」であるが、先駆形・別形で「大なる」と表記した歌を『宮沢賢治全集 3』（ちくま文庫）の〈「歌稿」異稿〉から確認することができる。推敲の末「かのとき」とすることで、銀時計を捲く父とその場の雰囲気を何度も回想する様子がありありと伝わってくる。「父よ父よ」が「やめてよやめてよ」に聞こえる。仮に習慣で、父が無意識に竜頭を捲いたとしても、

「舎監」「かのとき」「捲きし」と固い音が耳の底に残り、父を咎める心情を浮き彫りにする。

鑑賞——内山晶太

「父よ父よ」はその通りでよいだろう。「などて」は読みにふたつの選択肢が出てくる。ひとつは「などといって」の略、もうひとつは「なぜ」という意味の言葉。結句が連体形のため、後者の可能性を考えるが、確定するには弱い。「捲き」は時計を腕にまく、のかもしれないし、懐中時計のねじをまく、のかもしれない。時代を考慮すれば、当時の日本に腕時計はまだないはずで、懐中時計のねじをまいたのだろうけれど、いずれにしてもそのとき父は時計に動きを与えたことは確かだ。それにしても、「などて」が「なぜ」の意味なら、なぜ賢治は「なぜ」と思ったのか。この歌からだけでは謎である。「舎監（寄宿舎の監督人）の前」というシチュエーションにヒントの気配を感じるが、そのヒント単独で読みを展開させるにはやや難しいところがあるのではないか。背景情報を加えれば、この時代、銀の懐中時計は裕福さの象徴でもあった。父が、それをあえて舎監の前で取り出したことに賢治は不快感を覚えた、という読みになる。んー、と唸る。

1

み裾野は雲低く垂れすゞらんの
白き花咲き　はなち駒あり

鑑賞——内山晶太

明治四十四（一九一一）年の作である。牧歌的な光景を詠いおさめた端正な叙景歌である、というふうなことを言えない作品だ。言葉ひとつひとつは感情語を用いることなく、写生に徹した歌に見える。「裾野」「雲」「すゞらん」「はなち駒」、またそれらに付された動詞も奇抜なものはない。一見するとよくある習作風である。が、やっぱり何かがおかしい。まず、初句二句では裾野に雲、という広角の、遠くを見る作者の目がある。三句ですずらんが登場し、一気に足元へと目が移動する。二字あけで結句、はなち駒（放牧馬）はやはりやや遠くを見る目であろう。端的に言えば、読者はこの目の動きに翻弄される仕組みなのだ。裾野の雲の時点で、おそらくはなち駒は視界に入っているはずなのだけれども、それをなきものとして間近のすずらんへと目を持ってくる。なのに、一度なきものとしたはずのはなち駒を結句で描写する。この視線の移動によって、物体の大きさがよく分からないことになっているように感じる。この、遠近感の喪失がなんとなく気持ち悪くもあり、一方で賢治らしさかもしれない。

鑑賞――大西久美子

岩手山へ向かう時に見た情景だろう。「み裾野に」の「み」の音が耳にやわらかい。美称または語調をととのえるための「み」であるが同時に、岩手山への尊敬の気持ちがある。メモを取る簡潔さで目の前に広がる景色を詠うが、小さな植物「すゞらん」の描写には、固有名詞をあげ対象物を慈しみ、尊重する賢治の心を感じる。これは賢治作品の特徴でもある。

『陸軍特別大演習記念　岩手縣勢統計圖』（昭和三年）に「本縣は原野多く、既に鎌倉時代より馬の産地として名高く」と記載がある通り、岩手と馬のかかわりは深い。岩手山登山口へ向かう途中に、明治二十九年開設の巌手種馬所の牧場があった。「はなち駒」はこの牧場の馬のことと思われる。自由で生き生きとした馬のスケッチ。ここから、登山への期待に躍動する賢治の気持ちが伝わる。曇天で雲は低く垂れ、出てくる色は「すゞらん」の白だけだ。しかし目に浮かぶ牧場には初夏の色彩を感じる。小さな「すゞらん」の白が季節の色を引き出す鍵となっているのかもしれない。

4

冬となりて梢(うれ)みな黝む丘の辺に
夕陽をあびて白き家建てり

鑑賞――内山晶太

こちらも端正っぽい作品。冬の梢ということは葉っぱを落とした裸木のはずである。常緑樹の可能性もなくはない。が、一首全体のおもむきから、あらわになった枝がことさら黒く広がっている情景である。「黝(くろ)」は青みを帯びた黒のことなので、ただの黒ではなく夕闇の迫った時間の光と影の交錯が作りだした色彩と言える。「夕陽をあびて」も上句に寄り添うような運動がある。ここまでは端正な一首といってもだれにも怒られないのではないか。賢治らしさが影を潜め、絞り込むような言葉のつらなりがそこにはある。そして結句。「白き家建てり」である。んーと立ち止まる。四句目までの光と影の交錯による曖昧な色彩の世界を、「白」が完全にぶち壊している。「夕陽をあびて」いるのに、ポスターカラーで塗りたてのように家が白い。この「白き家」だけが世界の干渉をまったく受けない存在として立っているかのようである。風景写真のなかに、別のところから持ってきた新築建物の広告写真を貼りつけた感じに近い。良くも悪くも最後の最後で、賢治の腕力が炸裂している作品である。

鑑賞——大西久美子

冬の到来はモノトーンの景色を北国にもたらす。盛岡地方気象台の記録によると明治四十三(一九一〇)年十二月、盛岡市では十八日間の雪を観測しているので、丘の辺には雪が積もっていただろう。少し遠くから眺めると淡く煙ったように、また、下から仰げば空に網を張ったように見える落葉樹の枝の先端を、観察の眼が引き出す独自の摑み方で「梢みな黝む」と描写する。声に出して「梢みな黝む丘の辺に」と読んでみれば、そのまろやかさに何ともいえない不思議なやすらぎを感じる。「黝」は青黒さを連想させる。おそらく賢治は微量の青を含む黒を漢字一字で細やかに表現したのだ。

夕陽をあびて建つ「白き家」は印象的だ。字余りを誘う「建てり」の唐突な感じがどこか奇妙な感覚をもたらす。まるで「白き家」を舞台とするお話の世界、物語の始まりに足を踏み入れてしまったような気分になる。

黒白、明暗の対比が鮮明な作品である。余談になるが、賢治が在籍していた盛岡中学校の校舎は「白堊(はくあ)城」、寄宿舎の自彊寮は「黒壁城」と呼ばれていたことを思い出した。

6

ひがしぞら
かゞやきませど丘はなほ
うめばちさうの夢をたもちつ

鑑賞――内山晶太

三行書きの歌。一行目は「ひがしぞら」とひらがなで書かれているのみである。そのことが広大でおおらかな感触を読者に残す。明け方のしだいに光が強くなっていく様子が伝わってくる。そこにある「うめばちさうの夢」。もう朝が始まっているのに、うめばちそうはまだ眠っている。そのうめばちそうの眠りのなかの夢は丘の上で今も続いている。意味だけを捉えればそういう話であって、理屈にイメージを乗せたようなところが若干ある。本来だったら、その理屈の部分に難色を示されたりするのだが、この歌だともっと根幹の部分がすごいので、そういうことにはなりにくい。つまり、「ひがしぞら」が大きく「丘はなほ」も大きい。そしてその勢いで「うめばちさう」も前二者とほとんど同じに大きい。うめばちそうは実際には白い小さな花であるのだけれども、ここでは巨大植物と化しているように思われる。遠近感がないのではない。そもそもうめばちそうが巨大化している。この巨大化を前にすれば、一首が理屈を核にしてなりたっていることへの難色などたちまちに吹き飛んでゆく。そういう歌である。

鑑賞――大西久美子

夜明けの光に「ひがしぞら」はかがやいているが「うめばちさう」の自生する丘はまだ夜の暗さが残っている。東の空のかがやきを童話「水仙月の四日」で「まもなく東のそらが黄ばらのやうに光り、琥珀(こはく)いろにかゞやき、黄金(きん)に燃えだしました」と賢治は描写する。季節は違うがこの「かゞやき」が浮かぶ。明けかかる空を「いてふの実」では「あやしい底光り」と描く。明けかかる時刻よりほんの少し後の時間の東の空が「かゞやきませど」の空なのだ。「うめばちさう」は早い時期から蕾(つぼみ)をつけ、開花するまで長い時間がかかる。「夢をたもちつ。」は推敲前「夢を載せたり」であったが、それでは「うめばちさう」が上向きに咲いていることが分かっても、丸い蕾が夢を見ているように送る長い時間、植物の性質が出ない。「たもちつ」と置くことで「うめばちさう」の醸し出す清潔な精神性が強く伝わる。本書が引用するちくま文庫では、句点のない作品だが、賢治の短歌を収める［新］校本『宮澤賢治全集』第一巻（筑摩書房）では結句に「。」がある。ふと、陽が射せば丸く輝く朝露と「うめばちさう」の蕾が見えたように思った。

21a22

ひとびとは
鳥のかたちに
よそほひて
ひそかに
秋の丘を
のぼりぬ

鑑賞――大西久美子

明治四十四（一九一一）年の作品である。鳥にはなれないひとびとが「鳥のかたちに／よそほひて」丘をのぼっているのだ。秋の丘は美しく金色に輝いていただろう。鳥には神に仕える者のイメージを引き寄せる。『銀河鉄道の夜』に登場する黒いかづきをしたカトリック風の尼さんも鳥のかたちを彷彿（ほうふつ）させる装いだ。「ひそかに」から、巡礼者のように慎ましく列を組んで丘をのぼるひとびとの姿が浮かび、まるで宗教画を鑑賞しているような気分になってくる。六行分かち書きのゆったりしたリズムが現実を超えて、魂の世界へと読者を誘う。もし一行書きであれば、視覚的な読み辛さが作品の魅力を損なう。与謝野晶子（よさのあきこ）の「金色（こんじき）のちひさき鳥のかたちして銀杏ちるなり夕日の岡に」が過（よぎ）る方もいると思う。盛岡中学校の寄宿舎で共に暮らした工藤祐吉（くどうゆうきち）は「短歌を見せ合った」「与謝野晶子さんの歌調に／私淑した僕と彼れのとは／いつも反りの合はぬ所があった」と手帳に書いた。「明星」、『恋衣』に収録する晶子の歌を賢治は知っていたのかもしれない。

鑑賞——内山晶太

鳥のかたちに装う、と言われると個人的にはサンバの衣装のようなものが脳裡をよぎる。極私的には、鳥のかたちの装い＝何かしら浮かれたイメージという等号が割合スムースに成立してしまうところがある。もちろんこれは読者ひとりの個人的見解なのだけれども、「ひとびとは」と複数になっているところからしても、少なからず賑わいが感じられてしかるべきだろう。が、この歌の下句は「ひそかに／秋の丘を／のぼりぬ」である。サンバとか言っている場合ではないとここで分かる。ひそかにのぼるという行動も、秋の丘という背景も静謐（せいひつ）であって、その静謐と鳥のかたちの装いとのギャップが甚だ大きく、奇妙な読後感が残るのだ。一首のテンションも決して高いものではない。そのテンションのなかに置かれることで、鳥のかたちの装いがより際立っている。考えてみれば「鳥のかたちに／よそほひ」という言葉のつかい方も若干奇妙な気がする。ふつうであれば「鳥を装う」で事足りるところ、「かたち」という言葉を挿入していく感覚。これもまた、この作品独自の表現となっている。

22

あはれ見よ月光うつる山の雪は
若き貴人の死蠟に似ずや

鑑賞――大西久美子

長時間、水中または湿潤な土壌の中に置かれた死体は石鹸様になることがある。死蠟である。夜空は冷たく晴れて、月光が冴え冴えと連山の雪を青く照らしていたのだ。まるで深い祈りのように永久死体として眠る貴人の幻想に、痛ましさと美しい悲劇的な物語を感じる。この特異な感覚を、生命力にあふれる中学生が歌うのだから、病的と思う読者がいるかもしれない。しかし賢治の見る「死蠟」は観念のみの産物ではなかった。最晩年の仕事として清書された「文語詩稿一百篇」の「氷上」に、「死火山の列雪青く、よき貴人の死蠟とも、」という記述がある。賢治は月光に照らされる死火山の列に「若き貴人の死蠟」を見ていたのだ。ああ、きっと神話の時代に命を落とした英雄、あるいは大地を守る贄として永遠に眠り続ける人なのだ。星座のように艶めいて光る巨きな貴人の姿が心に浮かぶ。賢治は実際に「あはれ見よ」と声を発しただろう。彼の現身はやすやすと現実の垣根を越え、心の目は肉眼の目と重なり、神秘の世界を見たままに歌っているように思える。

鑑賞——内山晶太

構造としては上句で風景を捉え、下句でそれを喩えている。今から見ればよくあるスタイルと言えるかもしれない。とはいえ力強い命令形での初句切れには、賢治の息づかいが感じられ、一瞬読み手を立ち止まらせる。一首の眼目は当然のごとく「山の雪」と「死蠟」との接触だ。ここでは「〜のごとし」のような直喩でなく、「〜に似る」のような寄せ方でもなく「〜に似ずや」と打ち消しながら「山の雪」と「死蠟」とを重ねているところに微妙なニュアンスが宿っていると言える。月の光に浸された、おそらくは誰もいない山に積もった雪。そこに賢治は厳かで妖しい死の色彩を感じ取ったはずである。「若き貴人の死蠟」はちょっと細かく特定しすぎな気もするが、「若き貴人」という特定によって「死蠟」に纏わる負の要素がうまく希釈され、青白くひろがる雪とのうつくしい一致を得ているし、この特定は動かせない部分だろう。「若き貴人」という語には、その存在までのはるかな距離感、存在の稀少性があり、もはや幻だ。それによって喩えられた山の雪も、非実在の匂いを帯びている。

23

肺病める邪教の家に夏は来ぬ
ガラスの盤に赤き魚居て

鑑賞——大西久美子

　ガラスの水盤はしばらく空だったのだろうか。肺病のひとを訪ねた時、ふと気づけば日ごろ見慣れたガラスの盤に金魚が泳いでいたということだろう。夏が来ると天秤棒に桶を提げて担ぐ金魚売りの声が盛岡の町に響いたという記録がある。家族、あるいは身近な人が求めた金魚は、苦しい病人の心を涼やかにしたに違いない。「邪教」という言葉には一瞬ぎょっとするものがある。どこか得体のしれない魔術的な雰囲気、異端への嫌悪が過るからだ。しかし、それは現代に生きる私たちの目と耳が受ける印象である。賢治の周囲にキリスト者は親しく存在した。明治二十五年に開校したカトリック系の私立盛岡女学校に隣接する盛岡天主公教会のプジェ神父も親交があった人と伝わり、彼をモデルとした作品もある。また、小学校五年生時の担任は熱心なキリスト教徒であった。「邪教」に明治四十二年に刊行された北原白秋（きたはらはくしゅう）の『邪宗門』の影響をうすく感じる。推敲前、「ガラスの盤」は「大なるガラスの盤」であった。「邪教」の家に肺を病むひとは、新しい文化を受け入れる豊かな家のひとであったように思う。

鑑賞——内山晶太

内容の骨組みだけを抜き取ると、「一軒の家に夏が来た、その家の水盤に金魚がいる」というなんでもないものになる。が、そこに当時の賢治のエキスが注入されることで湿り気のある淀んだ一首に変化している。賢治エキスの注入の詳細は「家」の修飾に用いられた「肺病める」「邪教」であり、「水槽」を「ガラスの盤」へ、「金魚」を「赤き魚」へとする言い換えである。現在の視点で見れば「ヘビメタ」というジャンルを思いださせるようなところがある。肺の病は当時を考えると肺結核かもしれない。息の音がかすかに満ちている。「邪教」はキリスト教に限定せず、より抽象的に捉えてもいいように思う。一首にやや過剰な色づけがされている感は否めないが、黒ずんだ夏の世界に「金魚」ではない「赤き魚」の赤が鮮明で、水中に絞り出された絵具の赤が、生き物として泳ぎ出しているような色彩の強さが抜群である。一歩踏み込んで言えば、この「赤」こそが一首の主役であり、その主役がしっかりと存在感を持つ点にこの歌の価値があるのである。

26

白きそらは一すぢごとにわが髪を
引くこゝちにてせまり来りぬ

鑑賞――内山晶太

明治四十五（一九一二）年の作。

この歌は、個人的にとても気に入っている。たとえば石川啄木の歌に「不来方のお城の草に寝ころびて／空に吸はれし／十五の心」という一首がある。啄木の一首が心情を前面に出しているとすれば、この賢治の歌は感覚を前面に据えることで成立していると言える。啄木の歌で空に吸われるのは「心」であり、賢治の場合は「髪」という身体の一部である。髪が引かれるという動きは、頭皮のちりちりちりとした痛みのような感触も同時に連れてくるのである。「白きそら」はおそらく単なる曇天ではない。曇りと言えば言えるし、晴れと言えば言える、重々しい空ではなく雲の向こうに光の気配がしっかり感じられる、そういう天候だろうか。押しつぶしてくるような空というよりも、上に髪を引く空。初句以降の部分は賢治の感覚であるけれども、その感覚の表出によって規定されていくのは「白きそら」のほうである。身体的感覚があますところなく「白きそら」を修飾するものとして働いていて、極めてシャープな一首となっている。

鑑賞——大西久美子

静かに迫る得体のしれない不安と恐怖。白い空から伸びる細い腕、「一すぢごとに」わが髪を引く冷たい指のイメージが浮かぶ。希望を失う予感、作品はそのリアルな心情を歌う。「せまり来りぬ」から並々ならぬ怖ろしさが伝わる。この「白きそら」は人間を死へ追い込む絶望の空だ。季節の手掛かりはないが、「空がすっかり白い雲でふさがり」(「ひかりの素足」)「もう、どこが丘だか雪けむりだか、空だかさえもわからなかったのです」(「水仙月の四日」)と賢治が描く凄まじい吹雪が彼の心に迫っているのだ。冬から早春にかけて、駅まで数キロの道を私はよく歩いた。積雪により土地の境界はすでにない。強まる風雪に感覚がなくなってくる。駅までもう少しという小さな希望があったから歩けたのだ。明治三十五年一月、八甲田山雪中行軍遭難事件が起きた。「岩手日報」が出した号外を、盛岡中学校に在籍中の石川啄木も売り歩いた。当時六歳の賢治の心にも深く刻まれたことだろうが、迫り来る白い空の怖ろしさを歌う心の底のどこかにこの大事件が微妙な影を落としてはいないだろうか。

28

せとものひびわれのごとくほそえだはさびしく白きそらをわかちぬ

鑑賞――内山晶太

　短歌を始めて間もない頃、この歌を目にする機会があった。一読、意表を突かれた。「枝が基本的に枝でしかない世界」から、一気に別世界へと持っていかれた記憶がある。「枝は空の罅（ひび）なのだ」という声が、エコーのかかった感じで読後しばらく頭のなかに反響していた。ふた昔前の出来事だが、今あらためて読んでみても、やはりその当時の印象が深く残っている。当時の印象に付け加えるならば、上句のややぎくしゃくとした言葉の流れが、複雑に枝分かれした木のイメージを支えているということ。また、「さびしく」の素直さが、不用意さと紙一重であって、でもぎりぎり不用意さへの境界線は踏み越えていないのではないか、ということである。一句ずつ噛みしめるような文体が貫かれていて、その文体と一首の情景もマッチしており、「さびしく」が浮ついてこない。音の面から見ても、さ行の摩擦音が一首の世界に乾いた風、乾いた空間を生み出しているようにも思われる。結句の動詞「わかちぬ」も的確である。この作品が今から百年以上前にできたものだということに驚きを禁じ得ない。

鑑賞——大西久美子

すっかり葉を落とした樹の下から見上げる空は細い枝によって確かに沢山の罅が入ったように見える。「せとものひびわれのごとく」はユニークで説得力のある比喩だ。観察の目から生まれる細密な空の描写は、現実を超えて賢治の心そのものとして目の前に広がっている。ふさがる心に「さびしく」罅を入れる「ほそえだ」には、この世のものとは思えない薄気味悪さがある。作品に一文字だけ使う漢字の「白」にはむなしいという意味があるが、孤独で陰鬱な心を細い枝が分ける様子を想像すると、ぞっとする。賢治の家は質・古着商を営んでいた。質草として持ち込まれる「せともの」はなかっただろうか。「家長制度」には重い陶器の皿を床に落とした女性が、客である「私」の見えぬ場所で主人に撲られたらしい場面がある。理不尽で高圧的な言葉や不当な力は人間の心身に罅を入れる。「せとものひびわれ」の背景には実生活の厳しさがあるのだ。「ほそえだ」は白い空に無数の罅を入れるが外へ通じる風穴を開けることはできない。その虚しさ、淋しさははかりしれない。

29a30

雑木みな
髪のごとくに暮れたるを
黄の犬ありて
雪にまろべる

鑑賞――内山晶太

前二首（作品番号26、28）に引き続き何かしら「細さ」への意識が顕著である。ここでは「雑木」が「髪のごとくに暮れたる」と喩えられていて、暗いうつくしさがある。「髪」によって喩えられた雑木の群れには、おのずから人格が付与され、人びとが寡黙に立ち並んでいるような光景を喚起させてゆく。静的な光景である。一方の下句。こちらは一転して動的で、かつあどけない。犬が雪に転がって遊んでいる。上句の、ある種荘厳な光景を打ち消すような下句だ。しかしこの歌に関しては、上句と下句は相殺されることなく、見事に溶け合っている。押し黙った雑木の力に縛られることなく雪に転がる犬。そこにはかすかに聖性のようなものが感じられる、というのは言い過ぎだろうか。この一首のなかでは、犬だけが自由に動くことのできる存在である。色彩からしても、モノトーン以外の色を持っているのは、この犬だけである。ひとつの世界が持つ引力から解き放たれた唯一の存在である「黄の犬」を見た賢治は、そこに聖性のようなものを感じ取っていた、と言っても過言ではないはずである。

鑑賞——大西久美子

「髪のごとくに暮れたる」は特異で少し怖い感じがする。

暮れたる後に来るものは、異界につながる夜だろう。その髪の生える頭皮の下には不可思議な世界を感受する脳がひっそりと存在する。もし人の目が巨大であれば、冬の雑木の一本一本がまるで毛根から生える髪の毛のように見えるかもしれない。髪には魂が宿るという。制御の及ばない心の奥深い闇につながるぞわりとした気配を感じる。逆接としての「を」を据えて「暮れたるを」の後に黄の犬が突然登場する。「を」には、こんな時刻に遊ぶ犬への驚きが籠められていると思う。また、「黄」はおそらく黄泉(よみ)につながる「黄」だ。黄色い犬は熊撃ちの猟犬としての「なめとこ山の熊」にも登場する。「黄泉」は「ヤマ（山）」の転という説もあるので、現世と異界の境界に賢治が黄の犬を見たということは十分に考えられる。小学校入学初日、大きな犬に吠えられたと伝わる賢治は、犬を怖ろしく思っていた節がある。『春と修羅』の作品「犬」に「犬の中の狼のキメラがこわい」の一節がある。この世とは全く異質なものを感じとっていたのかもしれない。

32

黒板は赤き傷受け雲垂れてうすくらき日をすすり泣くなり

鑑賞――大西久美子

明治四十五（一九一二）年の作である。赤き傷は謎を呼ぶかもしれない。黒板がやわらかい人の皮膚のように感じる。学校の怪談と一瞬思うが、思いを巡らせば、赤いチョークのことだと気付く。その背景は文語詩〔乾かぬ赤きチョークもて〕に詳しい。態度には出さないが冷たい怒りから教頭は赤いチョークで荒々しく級友の解答を消した。英文を教える教頭の目を盗んで「内職」をした級友に非があったとしても、これは人間のプライドを傷つける強烈なやり方であった。そこに賢治の心が反応した。ものを言えない黒板がすすり泣くという発想は北原白秋の「歔欷（すすりな）く大理石の嗟嘆（さたん）」からインスパイアされたとしても痛々しい。「赤き」からぱっくり割れた傷口が生生しく浮かびあがる。推敲は数度にわたり、最晩年まで心の中で反芻していたと思われる。級友と賢治の心が頭を垂れていると考えれば「雲垂れて」は説明的でも残しておかざるをえなかった。曇天の日、当時の教室は窓の大きさや数から推し測ると相当暗かったはずだ。そのような中で傷をうけた黒板は、不当な力（現代風に言えばパワハラ）により消えぬ痛みを負った人間の心身そのものなのだ。

鑑賞――内山晶太

読者を一首へと誘う手続きが、やはり唐突なんだろうと感じる。いきなり黒板が傷を負っている場面が読者の前に突きつけられる。読者としていったんは「黒板の赤き傷」を受け止め結句まで読み通すものの、その後「赤き傷」について、何なのかを推測せざるを得ない。順当に推測すれば、それは「赤いチョークの線」なのではないか、ということになる。ただし、そうすると「赤き傷」はかなり無防備な表現だということになる。ふつう、黒板に赤いものがあったとき、精神がニュートラルであればそれをたとえばチョークの線だと認識する。が、賢治にとってそれははじめから「赤き傷」としか見えなかったのだろう。そこに思い込みの迫力というものはたしかに感じるけれども、読者にとっては暴力的な差し出し方でもある。「赤き傷受け雲垂れて」の並列的な言葉のつらなりにも、同様に暴力的なものを感じてしまうのである。室内と戸外の渾然一体としたニュアンスは魅力だが、それは作者以外の者に対する暴力性が生み出しているもののように思われてならないのだが、魅力と弱点の紙一重の差について考えさせられるところがあった。

54

凍りたるはがねのそらの傷口にとられじとなくよるのからすらなり

鑑賞——大西久美子

賢治の作品には時々、鋼の空が出現する。文学の創作は短歌から始まったと伝わるので、賢治が鋼の空を意識した最初の頃の作品かもしれない。冷たく非情な空である。初めて読んだ時、

「そらの傷口」から『銀河鉄道の夜』の「そらの孔（あな）」、「石炭袋」を連想した。しかし、後に刊行する『注文の多い料理店』の収録作品「烏の北斗七星」を読めば、「そらの傷口」からぶらさがっているのは沢山の長い腕だということが分かる。烏はこの腕から逃れようとしているのだ。「よるのからすらなり」は推敲前「からすのむれか」であったが、これではなんとなく平板な感じがする。字余りが目立ち、かつ詰まった印象を受けるが、奇異な感じは推敲後、ずっと強まる。作品の空のイメージは雪国の凍った池や川を考えると分かりやすい。鏡のように空を映す水面が凍ると確かに冷たい鋼に見える。ここに思いがけない亀裂が入って、人や動物が呑まれるように落ちることがある。透けて見える氷の下の水は夜のように暗い。賢治の心を震えさせる異界。そのイメージにわたしたちの心も震えあがる。

鑑賞——内山晶太

賢治の童話「烏の北斗七星」の一連に次のフレーズがある。「たうとう薄い鋼の空に、ピチリと裂罅（ひび）がはいつて、まつ二つに開き、その裂け目から、あやしい長い腕がたくさんぶら下つて、烏を握（つか）んで空の天井の向ふ側へ持つて行かうとします。」この一文を補助線にすれば、一首の意味を理解しやすくなることはたしかだ。にしても、もしこの一文に触れることなく短歌単独で読み解こうとすると途端に行き詰まる。この一首での「傷口」は「傷口」以外の何ものでもないのかもしれない。しかし「傷口」とは「傷口」以外の何なのか、を探り当てることと短歌を読むという行為とは少なからず連動している部分があるのである。が、短歌の読みの、こうしたある種のセオリーを通すことで、逆に賢治短歌から離れていってしまうことが多いような気がしたりする。言葉を言葉のまま受け取ることも、その源を探り当てることもどちらも短歌の「読み」であるのだけれども、賢治短歌を読み解く際のむずかしさを感じさせられる一首である。

67

湧き出でてみねを流れて薄明の黄なるうつろに消ゆる雲あり

鑑賞――大西久美子

日没後のほのかな空の明るさを「薄明の黄」と表現したのだろう。日の出前の可能性もないではないが、句跨り（くまたが）にしてつなげる「うつろ」から、この後に夜が来ると考えるのが自然だ。童話「まなづるとダァリヤ」に「やがて太陽は落ち、黄水晶（シトリン）の薄明穹（はくめいきゅう）も沈み、星が光りそめ」とある。ほんの短い時間、地平に近い西空が黄色く染まる「黄なるうつろ」が効いている。その美しく儚い色に、山間に生まれた雲が空の高みに届かぬまま、みねを流れて消える様子を中学生の賢治はどのような心境で眺めていたのだろう。学業の不振は深刻であり、離れて暮らしていても父は怖い存在だ。加えて、卒業後は家業の質屋を継ぐ定め、彼の将来に希望はなかった。黄色は有彩色の中で一番明るい。『岩波現代短歌辞典』で「黄」を引けば「短歌ではおおむね好印象」「そこだけがぽっかりと明るく暖かい」とある。しかし、賢治がここで見る黄色はそのような甘いものではない。彼の心は救いのない世界に消えてゆく雲と全く同じであったのだから。

鑑賞——内山晶太

前二首（３２、５４）とは一転して自身の世界にのめり込むような勢いがあまり感じられない。今回はきわめてニュートラルな主体が歌を生み出している。内容は「雲がある」ということだけだけれども、「湧き出でてみねを流れて」の「て」の繰り返しが一首にたゆたいをもたらし、「薄明の黄なるうつろに」も音の溶け具合がよい。四句目までの描写、というよりも音のありようが「消ゆる」をまったくストレスなく導き出していると言えよう。湧き出てから消えるまでの雲の一生涯が、一本の音のラインによって描かれているのではないかと思う。ゆったりとした歌のながれにそのまま身をゆだねて鑑賞したくなる作品である。と、ここまで書いてきて考えてしまうのは、一首としての美点と賢治短歌としての美点が融合する地点はどこなのだろうか、という問題である。賢治短歌を読んで複雑な気持ちになるのは、作品の良さ＝賢治短歌の神髄、とはならないところである。作品と作家性との微妙な関係性に思いをめぐらせずにいられない歌だ。

75

風さむき岩手のやまにわれらいま校歌をうたふ先生もうたふ

鑑賞――内山晶太

明治四十四（一九一一）年の作と言われている。この歌の背景にあるのは、盛岡中学校時代の岩手山登山である。が、そうした情報はほどほどに一首を読んでみる。「岩手のやま」ということから岩手山がまず浮かぶけれども、文字通り岩手にある山ととってもいいようにも思う。「風さむき」は、標高の提示または季節の提示であってこれもどちらの可能性もあり得る。が、下句で校歌をうたっている様子が描かれており、すでに頂上にいるような雰囲気である。個人的にはそういう意味でも、標高の提示だととった。この歌の魅力はこの下句で、「うたふ」の単純なリフレインが効いている。リフレインの単純さによって、何か牧歌的な匂いがしてくるのである。単純だけれども、それゆえのびのびとしていて「先生もうたふ」の結句字余りも気持ちよい。自己を凝らせることをエネルギーにする歌作りではなく、自己を放つことで歌が成り立っているような気持ちよさである。風景の描写はないのだが、そこに流れていたはずのより微細な空気感が出ている歌である。

鑑賞――大西久美子

「岩手のやま」は賢治が敬愛し親しむ岩手山である。「風さむき」から頂きでは冷たい風が相当強く吹いていただろうという推測がたつ。校歌は「軍艦」の旋律で「世に謳はれし浩然の大気をここに鍾めたる秀麗高き巌手山」から始まるが、登頂の度に歌ったのだろうか。そうではない感じがする。「いま校歌をうたふ先生もうたふ」という下句から、生徒も先生も何か特別な思いを籠めて歌う姿が浮かんでくる。この時、賢治は中学二年生。記録より明治四十三年九月二十三日から二十五日にかけて行われた英語科の青柳教諭の送別登山と分かっている。年が明ければ教諭は松江聯隊へ入隊することになっていた。賢治の短歌は後の文語詩（定説はないが昭和四、五年から執筆を始めたと推定される）に繋がるものがあり、本作品も文語詩未定稿の「青柳教諭を送る」とその先駆形の作品の元になっている。概ね時系列に並ぶが後年の作歌であり、リアルタイムではない。しかし、歌われる場から何年経っても回想とはならず、そこからずっと長く保つ今を歌っている。この独特な臨場感は、賢治の短歌の根っこを支えている。

77

石投げなば雨ふるといふうみの面はあまりに青くかなしかりけり

鑑賞――内山晶太

「うみ」は登山の過程での一首と考えれば、湖、沼などのことであるだろう。その水面に石を投げたなら雨が降る、という言い伝えを、的確に定型におさめている。

歌の意味上では実際にはまだ石は投げられておらず、雨も降っていないとはいえ、読者のイメージ上では、「石投げ」という言葉を読み取った段階で石は投げられ、「雨ふる」という言葉を読み取った段階で雨は降っている。つまり上句を読んだ時点で、雨の光景がうっすらと把握される。そして下句で晴天の光景へと反転していくのである。この反転の妙によって、「あまりに青くかなしかりけり」が非永続的な光景として読み手のなかにおさまり、その感傷がすんなりと受け入れられるようになっていると言える。シンプルな作品にも思われるけれども、上句から下句へと続いていく微妙なイメージの運動が、この一首の背後にあるのを見逃すことはできないだろう。感傷的ではあるが、主体の思い入れが内へ籠(こも)らず開放されているのは、そこが戸外であったことと関係しているようにも思われてくる。

鑑賞——大西久美子

岩手山には二つの火口湖があるがここで歌う「うみ」は御釜湖とよばれるまんまるな青い眼のような湖のことである。印象的な「あまりに青く」はかなり黒に近い青なのではないか。幼い頃、山の沼や池には主がいると明治生まれの祖母から聞いたことがある。霊山の眼のような湖に石を投げれば、湖の主の怒りを誘発することは必定である。「かなしかりけり」の「けり」は詠嘆だが、この結句より悲しみの心をストレートに歌い上げる大伴旅人(おおとものたびと)の名歌「世の中は空しきものと知る時しいよよますます悲しかりけり」が過る。文語詩「敗れし少年の歌へる」に「万葉の古きしらべにひかれるを」とあり、『万葉集』に親しむ賢治を彷彿させるが、本作品も影響を受けたひとつなのではないだろうか。

おそらく同行の学友が御釜湖に石を投げたのだ。賢治は信仰の山の受けた痛み、怒りを憂い、怖れる。禁忌を犯した。山は決して許してくれないだろう。人間の体温を奪いとる雨が必ず降ってくるはずだ。

79

うしろよりにらむものありうしろよりわれらをにらむ青きものあり

鑑賞――内山晶太

強い歌である。「うしろよりにらむものあり」でいったん切れる二句切れという構造が、この強さの一因だろう。続けて再度同じ内容の言葉が三句目以降で畳みかけられてくるのだが、それがより詳細な内容になっており、粘着力を増しているところにも強さがある。心的切迫だけを濾過して抽出したような歌である。この一首だけが歌会などに出されていたら、具体が登場してこない歌なので、なかなか鑑賞の難しい歌だろうけれども、この歌を含む一連を読めば「青きもの」が「うみ」であろうと理解できる仕組みになっている。

しかし、この歌はいろいろなものを手放し、自己意識と自然物との拮抗だけが描かれていて何とも言えない純度の高さがある気がしてくる。焦点を「にらむ青きもの」に絞り切ったことで、他のさまざまな風景は捨てられているけれども、そうした「風景を捨てる迫力」のようなものがこの一首にはたしかにあるのではないか。歌以前の、作り手そのものから発せられるダイナミズムが言外から伝わってくる作品として印象深い。

鑑賞――大西久美子

もしこの一首だけぽんと差し出されたら「うしろよりにらむもの」が湖であるなどとは想像もつかないだろう。『岩波現代短歌辞典』に「象徴」とは「直接つかみにくい内容を暗示的に表現することをいう」と記されており、本作品も当てはまると思う。背景を補いながら鑑賞すれば、一首前に「泡つぶやく声こそかなしいざ逃げんみづうみの青の見るにたへねば」（78）を据える。御釜湖から火山性ガスが沸くという話を現在は聞かない。実際には投石による音と泡だと思うが、さぞ恐ろしかったことだろう。湖を「青きもの」と表現し「うみ」とはしなかった。「青きもの」から湖が霊的な存在として立ち上がり、深い憎悪を感受しながら歩む賢治の姿が浮かぶ。アニミズム。『広辞苑』第六版によると古代日本語では、固有の色名として、アカ・クロ・シロ・アオがあるのみで、それは明・暗・顕・漠を原義とするという。青は本来、灰色がかった白色を指したらしい。作品は、現実に見える景色から抜き出した「青」のみ漢字を使い、目に見えないものの意思とそれを受けとる人の心理（これも目に見えない）が平仮名で表記されており、工夫がある。

鑑賞〔第二期〕

盛岡中学校卒業から盛岡高等農林学校入学まで

岩手県立盛岡中学校
（写真提供　岩手県立盛岡第一高等学校）

80

検温器の
青びかりの水銀
はてもなくのぼり行くとき
目をつむれり　われ

鑑賞――横山未来子

大正三（一九一四）年、十七歳の時の作である。水銀を使った昔ながらの体温計には、独特なあやうさがある。うっかり落としてしまうとガラスが割れて、水銀がころころと玉になって散らばる。水銀は気化しやすく、毒性が高いので、触れないように気をつけて拾い集めなければならない。だが、ふだん目にすることがない液状の銀色のかがやきには、妙な魅力がある。「青びかりの水銀」から、その妖しい美しさを思い出した。「水銀」は、いかにも賢治が好みそうな素材にも思える。

一首全体を見ると、作者が発熱して、熱を測っている状況なのだろう。いくら高熱でも「はてもなく」水銀が昇ることはありえない。が、この歌を読んでいると、そのような現実を超越して、青びかりした水銀の細い柱が、雲を抜け、空の上まですするすると昇ってゆくふしぎな映像が見えるようである。「目をつむれり　われ」とあえて一字空けで最後に「われ」を置いたことで、目をつむっている自分を、もう一人の自分が見ているような感覚が生まれている。「われ」の顔は、どこかうっとりとしているのではないだろうか。

鑑賞――嵯峨直樹

ひらがなが効果的に使われている。この歌にかぎらず、賢治はひらがなの使い方が巧みだ。特に二句目を「青光り」ではなく、「青びかり」としたことで、より生々しい感覚を読み手に手渡すことに成功している。漢字ひらがな混じりの「青びかり」は、その音、肉体の奏でる声の響きを濃厚に連れてくる。「青」が私たちの心の中の「青」の観念を瞬時に点灯させ、その「青」のイメージを引き摺ったまま、直後、「びかり」と、生々しい肉を伴った「光」を閃かせる。全てひらがなの「あをびかり」だとしても、そうはならないだろう。「あを」とひらがな書きでは、音に引っ張られすぎて、「青」さが不足するのだ。このあたりのバランスは習練で得られたたものというより天性のものであろう。また、三句目の「はてもなくのぼり」というやや長い音数のひらがな表記も特徴的。この部分だけ素早く読めて、熱のあがる速度感、どこまで体温が昇るのか不安な印象を醸しだす。

この頃の賢治は肥厚性鼻炎の為に入院生活をしているが、病に倦んだ若い肉体の奏でる音が生々と響いてくるようだ。

82

湧水の
すべてをめぐり
ゆめさめて
またしかたなく口をつぐめり

鑑賞——横山未来子

歌稿では「検温器の……」の歌のあと、熱の歌が三首つづいてから登場する歌である。「ゆめ」は病臥中に見た夢と思ってよいのだろう。

「湧水の／すべてをめぐり」は、発熱して喉が渇いている状態で見ている夢と考えれば、よく分かる気がする。喉をうるおしたいという思いが、このような夢につながったのであろう。特徴的なのは「すべてを」ではないだろうか。この地上にある湧水のすべてをめぐるというのは、時間的にも空間的にも、壮大なイメージである。突飛なことが起きる夢の世界ならではという感じがする。また、ひらがなの多い表記と「め」の音の繰り返しが、この一首全体に、ぐるぐると〈めぐる〉ようなイメージを与えている。

夢のなかでは、清らかな水に歓声をあげたり、水を口に含んだりしていたのかもしれない。しかし、夢がさめれば、現実の世界に戻って黙して床に臥しているしかないのである。「またしかたなく口をつぐめり」から、ひとりで、じっとなにかに耐えている作者の姿が見えてくる。

鑑賞——嵯峨直樹

清冽(せいれつ)な湧水のイメージと病に臥せる陰気な現実とのギャップが印象的な歌である。

夢のなかの空間のおちこちに湧き水が湧いている。その冷たく清らかな水を飲んでまわった。この美しいイメージは二句目までで中断。「ゆめさめて」以下は、不本意な現実へのいらだちの表現である。未来への希望に溢れているからこそ「しかたなく」病の床にいる自分が歯がゆいのである。また、結句の「口をつぐめり」は、夢の中で湧水に口をつけて飲むという行為と現実世界とを「口」の連想でつなげる役割をしている。

この稿に至る前の異稿は、「湧水のすべてをめぐりふとさめてまたつまらなく口をつぐめり」。三句目「ふとさめて」の「ふと」を字数合わせ的に思ったのか、「ゆめ」という柔らかい語感の言葉に差し替えている。また、四句目のあからさまな不満の表現「つまらなく」をやや抑制的な「しかたなく」に変更。他者に自身の表現をより的確に伝えようという意思がうかがえる。

86

学校の
志望はすてん
木々のみどり
弱きまなこにしみるころかな

鑑賞――横山未来子

こちらも病中の歌である。「学校の／志望はすてん」は、やや生硬な言いまわしだが、それだけに作者の気持ちが素朴に伝わってくる。「弱きまなこ」という表現があるので、病気がちなために志望の学校をあきらめる、あるいは学業をしばらくあきらめる、という状況が思われる。

季節は四月か五月の、新緑の頃。学校も新学期がはじまったばかりである。作者は入院しているのだろう。体力が落ち、心弱くなっている作者の眼には、窓外の「木々のみどり」はまぶし過ぎる。それは、生命力にあふれた外界のすべてを象徴しているようでもある。〈新緑が目にしみる〉というような表現はよく使われるものだが、「弱き」という一語が入ったことによって、借りものではない、作者の体を通した表現になっている。

さびしい内容なのだが、一首全体からは、やさしく柔らかい印象を受ける。第三句の字余りもゆったりとしている。作者にとっての「木々のみどり」は、どのような時でも慕わしい存在だったのかもしれない。

鑑賞――嵯峨直樹

長く入院している病室の窓からいのち溢れる木々がさやぐ様子を見ている。「木々のみどり」に対する自身は「弱きまなこ」でそれを眺めるのみの傍観者であるという。すでに級友たちは上の学校に進み学園生活を楽しんでいるのに対し、自身の病は依然として癒えない。同級生ともなると多少のライバル意識もあろうから「遅れをとっている」という思いもあったろう。だから「学校の志望はすてん」と何かやけっぱちな印象の言葉も出てくる。三句目の「木々のみどり」とは、木々の生命力そのものの表現であるとともに、同級生たちのいる健やかな世界の比喩(ひゆ)でもあろう。

実のところ私はこの歌に悲壮感というものを感じなかった。「弱きまなこ」とあるにも関わらず、十代の賢治のいのちの若々しいきらめきを感じるのである。この印象には「志望はすてん」の「すてん」という意志の表現が影響しているだろう。異稿では「志望はすてぬ」となっており完了形。修正をほどこす前の方は意志の表現ではない分、絶望の度合いが強く感じる。

89

われひとり
ねむられずねむられず
まよなかの窓にかゝるは
赭焦げの月

鑑賞――嵯峨直樹

賢治は肥厚性鼻炎の手術の為に入院中である。

この歌は不眠の苛立ちを彼の魂の動きの順序どおりに描いている印象がある。一首を「われひとり」という呟きから立ち上げる。（他人はとっくに眠っているのに）「われひとり」という苛立ちであって、他者を強く意識した上での言葉である。一般的な賢治のイメージなら孤独な夜も楽しみそうなものだが、ここでは他者と違う状況を「われひとり」と嘆いている。続けて、二句目に「ねむられず」のリフレインがくる。十音と定型を大きくはみ出している為にこの二句目の存在感は大きい。「眠れぬ眠れぬ」と苛立ちつつ呟いているのだが、不眠の夜への呪いの言葉のようで妙な迫力がある。リフレインに幼さを感じないでもないが、幼いからといって何ということもないだろう。真実味のある言葉は人の心を打つ。

不眠を嘆きながら窓に目をやると、結句の「赭焦げの月」が浮かんでいる。血液の色の不吉なイメージに眠れない魂の在り様と自身の肉体の健やかならぬ状況を仮託する。

鑑賞――横山未来子

この一首も、入院中につくられた歌である。不眠になると、まさに真夜中に世界で「われひとり」が眠れずにいるような孤独感、焦燥感にさいなまれるものである。「ねむられずねむられず」の繰り返しから、そのような焦りがよく伝わってくる。

窓からは月が見える。それを「赭焦げの月」と表現しているのが特徴的である。「赭」は、あかつちの色の意で、茶色がかった赤。漢字の原義としては、火の燃える色をあらわしているそうである。実際に赤みがかった月を目にすることはあるが、この歌の月からは、もっと強烈な赤さが感じられる。さらに「焦げ」という語がついているために、黒ずんだイメージも加わっている。内側から燃えて焼けこげているような赤い月の表現には、不吉ささえ滲む。

月の色をこのように感じてしまうのは、作者の精神状態によるものだろう。盛岡中学校を卒業した直後に、肥厚性鼻炎のために手術、入院しなければならなかったことが背景にある。すでに新しい生活を始めている友人と自分を比べ、「われひとり」の鬱屈した思いを強くしているのであろう。

92

まことかの鸚鵡のごとく息かすかに
看護婦たちはねむりけるかな

鑑賞――嵯峨直樹

看護婦（現在では看護師）を純白の鸚鵡（おうむ）の姿に喩（たと）える。その白衣を鸚鵡の白い羽毛に、看護帽を冠羽に、といった具合にイメージを重ね看護婦という職能を持った女性を賛美する歌である。

三句目の「息かすかに」はオリジナリティのある表現。小さな息をくりかえす可憐な存在として看護婦を理想化しているのが分かる。

十代の賢治は狭い病院に閉じ込められることを余儀なくされている。級友たちはすでに進学しており、ただ一人取り残された感じがある。何一つ良いものが無いと感じられる世界の中に可憐な看護婦像を創り出し唯一の心の支えにしているのだ。それは辛い現実を切り抜ける為の創造であったろう。

また、十代の賢治にとって夜を近々と過ごす異性の存在は甘美な恋愛への空想を容易にしただろう。実際、賢治はこの後、この可憐な看護婦たちの中の一人に甘やかな恋心を抱くようになる。

鑑賞――横山未来子

「かの鸚鵡」の表現に、やや唐突な感じを受けるのだが、作者は以前にどこかで鸚鵡を見たことがあって、それが「かの」という語になったのだろうか。読み手にあまり配慮していないところが、作者らしい自由さなのかもしれない。

入院中の作者が、眠れない夜を過ごしながら看護婦たちの様子を思っているという歌である。

患者が看護婦たちの眠っている姿を目にする場面はないだろうから、あくまで想像の歌なのだと思う。

鳥かごに飼われている鸚鵡をイメージしてみる。中を暗くするために、鳥かごには布がかけられている。闇の中で鸚鵡は止まり木にとまり、身動きもせずに眠っている。看護婦たちも、どこか作者の目に触れない場所でひっそりと眠っているのである。「息かすかに」という表現に、異性を思うときの若い作者の感覚の鋭敏さがあるように思う。

看護婦たちまで寝静まってしまう夜というのは、患者にとって心細いものであろう。取り残されたようなさびしさも感じられる歌である。

94

ちばしれる
ゆみはりの月
わが窓に
まよなかきたりて口をゆがむる

鑑賞――嵯峨直樹

赤々とした月がイメージされている。この月は遠くから悠然と眺めていられる代物ではなく、見ている者へ積極的に介入してくる。真夜中にわざわざやってきて「口をゆがむる」のだ。この血塗られた月の積極性は何なのかと思う。

初句が「ちばしれる」と、あえてひらがな書きにされているが「血走れる」と漢字混じりにすれば「走る」という動詞が含まれていることが明瞭になる。この初句だけではなく、全体を通して動詞が多いこともこの月の動的な印象を強めているだろう。初句の「走る」に加え、二句目「ゆみはり」も「弓張り」で「張る」を含み、下句には「きたりて」「ゆがむる」があり、トータル四つもの動詞がこの月に関連している。

この月は血気が盛んで活気に溢れている。なおかつ、おせっかいでもある。ここには口うるさい両親の姿やすでに進学した友人たちの姿、すなわち賢治から見た世間の姿が重ねられているのではないか。前の歌（92）に登場する看護婦は「息かすかに」眠っていたが、こちらの月は鼻息荒く賢治に関与してくる存在なのである。

鑑賞――横山未来子

「赭焦げの月」が登場する前出の歌（89）よりも、さらに不気味な月の歌である。血走った半月が、自分の意志で作者の窓近くに来て「口をゆがむる」のだから、まるでアニメーションの世界である。フランスのモノクロ映画『月世界旅行』に出てくる人面の月などを連想した。古い西洋のイラストにも月に顔が描かれているものがあるが、月の表面の斑がそのようなイメージを抱かせるのだろう。

漢字は「月」「窓」「口」のみで、他はひらがな表記なので、一見したところやわらかい印象の歌である。しかし、初句のひらがなを辿って「ちばしれる」の意味が分かると、読みすすむほどに内容の不気味さが迫ってくる。特に結句の「口をゆがむる」が恐ろしい。苦痛に歪んでいるようでもあるし、作者を嘲笑しているようにも思える。

眠れない夜がさまざまなことを思わせ、作者の精神はますます追い詰められていたのだろう。この歌は、月を何かの比喩としている訳でもなく、目に見えたままを表現しているようであり、そこがまた恐ろしい。

112

すこやかに
うるはしきひとよ
病みはてて
わが目黄いろに狐ならずや

鑑賞——横山未来子

「すこやかに／うるはしきひとよ」の、この「ひと」は、「うるはしき」の語のゆえに女性であることが容易に想像できる。大正三（一九一四）年、入院中の作者は、ある看護婦に恋愛感情を抱いていたというが、その相手を詠んでいるのだろう。ちなみに前段階の異稿では、「うるはしき友よ」となっている。「ひとよ」と推敲したことによって、相聞的な雰囲気が濃くなっている。

上二句ですこやかな相手を讃美するように表現し、三句目以降で病んだ自分をやや自虐的に描いている。その対比が、自分は相手にふさわしくないという思いをにじませている。

「わが目黄いろに狐ならずや」の背景には、実際に病気によって白目の部分が黄色くなった、というようなことがあったのかもしれない。狐の目はたしかに黄色っぽく見えるが、作者は色の共通点だけを言っているのではないと思う。『イソップ物語』などに代表される狐のマイナスイメージを、自分自身にかさね合わせているのである。恋する相手を前にして、病み衰えた自分が恥ずかしく、卑屈になっている様子が見えるような気がする。

鑑賞――嵯峨直樹

盛岡中学の卒業直後から入院生活を強いられている賢治は、この歌の「うるはしきひと」に思慕を募らせた。相手は看護婦で伝記的な研究では名前も判明しているようである。

二句目の「うるはしきひとよ」という表現がとりわけ傷(いた)ましい。うるわしいと感じられることが何一つ無い「病みはて」た生活の中で、最も発したかった言葉がこれではなかったか。賢治は、閉塞した環境の中で、その対象を発見し、歓喜とともに「うるはしきひとよ」(!)と呼びかける。この歌の中で賢治の気息が最も露わなフレーズだと思う。

三句目、「病みはてて」以下は、「すこやか」な思慕の対象と対比するように自らの卑小さを描いている。ここの「病みはてて」は肉体だけでなく、心の問題も含意しているのだろう。結句の「狐」は多くの物語でマイナスイメージを負う動物で、賢治もそれに乗っかっている。狡猾(こうかつ)で、後ろ暗い所を持った者として自身を規定しているのである。自らを動物の「狐」に見立てる感性に、いずれ童話へと開かれる想像力の萌芽を見ることもできるだろう。

113

ほふらる、
馬のはなしをしてありぬ
明き五月の病室にして

鑑賞――横山未来子

屠畜(とちく)される馬について、同じ病室の患者と話をしているという場面である。どういうきっかけでそんな話題になったのだろうか。岩手には馬肉が名物の地方もあるようだが、生涯のなかで菜食主義の時期があったとされる作者からすると、馬を食用のために殺すことについて思うところがあったのかもしれない。食肉としている動物の屠畜のことは、ふつうあまり考えたくないものである。あえてそれを話題にし、短歌にしている点に、この時期の作者の暗いものに惹かれる傾向がうかがえる。上句のひらがなの多い表記からは、淡々と、冷静に話をしている印象を受ける。

下句の「明き五月の病室にして」はあっさりとした表現だが、一首のなかで複雑なはたらきをしている。馬の屠畜という暗い話をしている場所が、あかるい五月の光が入ってくる病室なのだ。

上句にただよう死や血のイメージと、「明き五月」の健康的なあかるさとのギャップに、まず立ち止まらされる。その後「病室」の語によって、またほの暗いイメージへと引き戻されるのである。

鑑賞——嵯峨直樹

上句に暗く陰惨な馬の屠畜の話、下句に爽やかなイメージの「明き五月の病室」と、対置が印象的である。

賢治は同じ病室の人と「ほふらるゝ／馬のはなし」をしている。それは、脚を怪我して運搬等に使えなくなった馬の末路の話かもしれないし、故障した競走馬の行く末かもしれない。いずれにせよ、社会から無用とされた者の辿る悲劇の物語である。

ここでの馬は、当然、病いに囚われ入院生活をしている自身の姿と重ねられている。病いを得た事により進学もままならず、病院内に燻（くすぶ）っている自身を社会の無用者と見做（みな）し、やがて社会によって屠畜されるだろうと自虐している。その悲劇性を際立たせているのは、下句の「明き五月の病室」の清々しいイメージだろう。上句の暗々とした馬のイメージから五月の光に満ちた病室のイメージへの転換は、やや図式的ではあるが、それゆえに劇的である。

前出の歌（１１２）に出てくる動物が狐ならこちらは馬。こちらの作品でも動物の姿に自身の心情を重ね合わせている。

115

粘膜の
赤きぼろきれ
のどにぶらさがれり
かなしきいさかひを
父とまたする

鑑賞――横山未来子

「粘膜の／赤きぼろきれ／のどにぶらさがれり」の表現が異様である。前段階の異稿は「赤きぼろきれは今日ものどにぶらさがりかなしきいさかひを父と又す」だったのだが、「粘膜」の語が加わって、異様さのレベルが数段あがった感じがする。赤いものが喉にぶらさがるという表現からは、鶏の喉にある肉髯（にくぜん）、または肉垂（にくだ）れと呼ばれるひらひらした赤い部分が連想される。この歌の場合「粘膜」なので、もっとぬらぬらとした不気味さがあるだろう。

この異様なものの正体が、下句を読むとなんとなく分かってくる。父と言い争いをしている場面。上句は、声を張りあげて言い争った後、喉が腫れてしまったことを象徴しているのだろう。作者が当時わずらっていた肥厚性鼻炎という病名から推察すると、大声をあげることは鼻や喉への負担になったことと思われる。「ぼろきれ」の語は、そのような喉の状態とともに、作者の心理状態をあらわしている。父との諍(いさか)いの後、作者はいつも後悔したのではないだろうか。「かなしき」の語が、そう思わせる。

鑑賞——嵯峨直樹

上句が何やら禍々(まがまが)しいイメージ、下句が作中主体の置かれた状況といった具合にくっきりと分かれている。上句のイメージと下句の現実の描写はお互いに補う関係にあり不即不離とも言えそうだ。

下句「いさかひを／父とまたする」の「また」は、今までに何度も繰り返され平行線を辿ってきた諍いに対する溜息まじりの言葉。またか、まただよ、といった嘆息であろう。「また」という苛立ちと諦めの混じった感情が上句の奇妙なイメージを導き出す。

上句のイメージは、扁桃腺(へんとうせん)の腫れの描写に、父との諍いから生じた賢治の心象が重ねられている。炎症を起こしている「赤きぼろきれ」が、のどに「ぶらさが」っているという。健やかさから見放され、宙ぶらりん状態の強い不安感が見て取れる。三句目、「のどにぶらさがれり」は大幅な字余りで、しかも全てひらがな表記。意図的に停滞している感じ、「ぶらさが」っている感じを強めている。

117

雲はいまネオ夏型にひかりして桐の花桐の花やまひ癒えたり

鑑賞——嵯峨直樹

重苦しい入院生活の歌から一転、初夏の自然を賛美する歌が現れる。病癒えて退院、弾む気持ちを歌として忠実に定着させようとする努力がうかがえる。大正三（一九一四）年、十七歳の作。

初句の「雲はいま」は、他ならぬこの今という瞬間と、病に苦しんだ過去とを分断させて、「いま」から始まる時間が特別であることを強調する。これまでとは違う時間がくきやかに「いま」始まるのである。

この「いま」の直後に、一首の核となる「ネオ夏型」という造語が登場する。ギリシャ語由来の接頭語＋日本語をくっつけて新語を創り出すのはいかにも賢治だと思う。新しい言葉には新しい意味が宿る。

「ネオ夏型」という突出した造語には「新しい夏の形」と順当に表現した場合では追いつかない何ものかが宿っている。それは復活への強い志向であり、生命の生長が極まる夏の季節への同化であろう。四句目の「桐の花桐の花」のリフレインは病室から解放された魂の悦びのみならず、高まる希望に気持ちが急いて焦れている感じも出ていると思う。

鑑賞――横山未来子

これまでの歌から一転して、さわやかな歌である。退院した直後だろうか。病院という閉鎖空間から解放され、外界に触れることのできたよろこびが伝わってくるようである。「ネオ」は、「新しい」の意をあらわす「neo」のこと。短歌にこのような外来語を自然に取り入れられるのも、短歌らしさに縛られない作者の自在さなのだろう。「ネオ夏型」はたぶん造語だと思うが、作者らしい言語感覚だと思う。初夏のまぶしい光を含んだ雲をあらわすとともに、作者がその夏に対して感じた新鮮さがあらわれている。

空から桐の花へと視線が移ってゆく表現は、十メートルにも達するという桐の木の高さを思わせて効果的である。見上げたときの空の青さ、光のまぶしさ、桐の花の紫があざやかに目に浮かぶ。「桐の花桐の花」の弾むようなリフレインには「やまひ癒えたり」のよろこびがにじみ出ている。同時に、天を指すような大きな塊になって咲く花の存在感をも感じさせるようである。異稿には分かち書きのものもあったが、この歌には一本の木を思わせる一行表記がよく似合っている。

127

地に倒れ
かくもなげくを
こころなく
ひためぐり行くか
しろがねの月

鑑賞――嵯峨直樹

退院直後の「ネオ夏型」の気分は長続きしなかった。病気は退院後も一進一退、入院生活の中ですがるように思慕を寄せた女性との関係にも思わしい進展はない。

「地に倒れ」から始まる五行書きのこの歌はそういった鬱々とした状況にある自身を演劇的に表現している。歌の主人公は、絶望のあまり地面に倒れ伏しながら嘆いている。

何をこれ程に嘆いているのか。「かくも」（！）と自らの嘆きを他者に見せつける感じであったり、「こころなく」と他者をなじる感じからやはり叶わぬ恋についてであろうと思う。

上句の一連のポーズは思慕の相手に見せる為のものであると共に自らを慰藉する為のものでもあろう。悲嘆に暮れる自身の姿を、感情移入しやすいようにイメージすることで自らに癒しを与えている。身も心も傷つき息も絶え絶えになりながら自己愛によって命を繋いでいるのである。結句の「しろがねの月」には思慕の相手が重ねられている。「ひためぐり行くか」と字余りの「か」をつけてまで表現の正確さに拘ったところに相手への思いの強さがうかがわれる。

鑑賞──横山未来子

まだ鬱々とした思いは晴れないようである。「地に倒れ／かくもなげくを」という表現には、「明星」の女性歌人の歌を思わせるような雰囲気もある。自分はこんなに嘆いているのに、月はそんなことにはお構いなしにいつもと変わりなく空をめぐってゆくのか、という意味であろう。地に倒れてとどまっている自分と動いてゆく月という構図には、入院中の歌に見られた〈取り残された自分〉の意識が色濃くのこっていると思う。

また、前述の「ちばしれる／ゆみはりの月／わが窓に／まよなかきたりて口をゆがむる」(９４)の歌と同じように、今回も月が自分の意志で動いているような感覚が詠まれている。「ひためぐり行く」の「ひた」によって、月が定められた天の軌道を、まじめに、ひたすらに進んでゆく様子が見えるようで面白い。「めぐり行く」の語にはエンドレスな感じがあり、作者の嘆きもまだまだ続いてゆくことが思われる。

地に倒れた作者の影絵のようなイメージと「しろがねの月」との、明暗の対比も印象深い歌である。

128

たんぽぽを
見つめてあれば涙わく
額(ぬか)重きまま
五月は去りぬ

鑑賞——嵯峨直樹

並々ならぬ意気込みと共に退院した五月。当初はひかり溢れ、夏へと盛りゆく季節のごとく自身の人生も希望に満ちているように感じられた。入院生活がつらいものであっただけに、退院によって全てが解決するように感じていたのだろう。

しかし、実際のところは惨めなもので、入院中と同様に進路が決まらず未来は不透明、病気はぐずぐずと完治せず、看護婦への片恋も成就せずで宙づり状態のままなのである。

この歌を恋歌ととれば、「たんぽぽを見ていると愛しい人の姿が自然と重なってしまい逢いたさに涙する」といった具合であろう。そうであっても良いが、四句目「額重きまま」は恋煩いにしては表現が重いと思うのだ。悩みの多い様子を「額重き」と表現したのだろうが、恋の悩みの甘やかさが感じられず、非常に重い悩みに押しつぶされそうになりながら鬱々としているといった印象である。

病気、進路、さらには恋も含めた多くの悩みに疲れている時、ふと見た花に涙がわいたという意味にとったほうがこの作品の世界をより深く味わえるだろう。

鑑賞――横山未来子

「たんぽぽ」の太陽を連想させるような花の色と形は、一般的に明るいイメージを呼びおこすものであろう。しかし、作者は「見つめてあれば涙わく」とうたっている。明るいたんぽぽの花でさえ、この頃の作者にとってはかなしみの種となっている。自分以外の世界が明るいことが、かえって辛いのではないだろうか。

「額重きまま」は、鼻の病をわずらった後の身体的感覚をあらわしているのだと思う。鼻は頭に近いので、「額重き」という表現はよく分かる気がする。退院はしたが、身も心も完全に復調したとは言えない状況なのだろう。

たんぽぽは地面に近く咲くので、見つめるためにはかなり身を屈めなければならない。もしかすると道にしゃがみこんで見つめているのかもしれない。「額重きまま」が、頭を下げた前屈の姿勢を思わせる。じっとたんぽぽを見つめて涙している作者を残して、「五月」は去ってしまった。この歌からもやはり、〈取り残された〉という思いがうかがえるようである。

129

雨にぬれ
桑つみをれば
エナメルの
雲はてしなく
北に流る、

鑑賞――横山未来子

野で桑の実を摘んでいる場面である。桑の実が熟すのは梅雨時なので、途中で急な雨にあってしまったのだろう。

桑を摘んでいる自分を描いたのち、上空の広い景に目を転じている。「雲はてしなく／北に流るゝ」という動きのある描写は、風のつよい変わりやすい天気を思わせる。雨にぬれてしまった肌寒い状況とあいまって、雲が「はてしなく」流れてゆく様子には不安を呼びおこすような雰囲気があったのではないだろうか。作者を置いて、景色だけがどんどん流れ去ってゆくようである。

同時に作者は、そのような自然の力に圧倒されているのだと思う。雲を形容する「エナメルの」という言葉が美しく、特徴的である。雨は降っていてもどこかにまだ太陽の光がのこっていて、雲をうっすらと照らしているのだろう。その輝きがエナメル（日本で言う七宝焼）のようなガラス質の光沢を思わせたのだ。作者らしい言葉選びだと思う。

桑の実の赤紫や雲の白という色彩、ラ行の多いなめらかな韻律も印象的な一首である。

鑑賞――嵯峨直樹

この頃の賢治には青年らしく自己陶酔的な歌が多い。自身の甘やかな情熱にとめどもなく没入してゆく感じがある。

掲出歌もその一つで、「雨にぬれ」ている自身を中心にして、ロマンティックな世界が提示されている。この歌の主人公である賢治が「雨にぬれ」ている理由はもちろん叶わぬ恋の故である。入院中に出会った看護婦への思慕を引き摺っている。掲出歌の次に並べられている歌は、「桑つみて／きみをおもへば／エナメルの／雲はてしなく／北にながるゝ」（129a130）とあり、「きみをおもへば」という、より直接的な表現を選んでいる。

三句目の「エナメルの」はこの歌の核になる語で、おそらくはこの外来語を中心に歌が出来上がっていったのだろう。下句「雲はてしなく／北に流るゝ」という平凡な風景が「エナメルの」によって舶来のロマンティックな小説めいて見えてくるのである。この一語によって岩手の自然が再構成され、自身の悲恋を中心とした洒落た物語の舞台に変貌する。四句目「雲はてしなく」は若々しい。「はてしなく」とは無限性を信じる言葉であって、ある年齢を過ぎるとなかなか出ない言葉ではないか。

134

わがあたま
ときどきわれに
ことなれる
つめたき天を見しむることあり

鑑賞——横山未来子

退院後も体調が万全ではなく、作者の心はさらに重く沈んでいったようである。そんな頃、自分でも自分がよく分からないような精神状態になることがあったのだろう。

「ことなれる／つめたき天」とは、自分が今生きているこの世とは異なる世界、という意味だと思う。「天」の語は天国あるいはあの世を思わせるが、「つめたき」の語があるので決して好ましい世界ではないことがうかがえる。この歌で作者が表現している「天」は、天空、宇宙などに近い世界なのかもしれない。吸い込まれてしまいそうな暗くつめたい世界である。

「わがあたま」がそんな世界をただ〈思わせる〉のではなく、「見しむる」と表現されているところに凄みがある。作者の眼前に、実際にそのような世界があらわれることがあったのだろうか。また、「しむ」という使役の助動詞が、強制的に見せられている感じを強めている。自分の内にいるもうひとりの自分に操られているような、異様な感覚をうたった歌である。

鑑賞――嵯峨直樹

退院は果たしたものの自身の未来は皆目見えない状況の中に賢治はいる。この歌の三首ほど前には、投身自殺を想像する歌、「岩つばめ／むくろにつどひ啼くらんか／大岩壁を／わが落ち行かば」（１３１）がある。自身の死体にイワツバメが集まってくるという歌だが、切迫感が薄く牧歌的な雰囲気がある。イワツバメが彼の死に気づかないとか、無視を決め込むとは考えもしないのである。不本意な生活ではあるが、世界への深い信頼が賢治のたましいの底流にはある。

掲出歌は、自身の思考の奇妙さを訴える。三、四句目の「ことなれる／つめたき天」は抽象度が高いのが特徴的。私たちの住んでいるこの世とは異なる「つめたき天」を見るのだという。狭苦しい今ここよりも、ことは違って、はるかな「つめたき天」に惹かれ止まないのだ。後に賢治は宗教に深く傾倒してゆくが、その素地、思考の癖が現れているように思う。

異稿には三句目が「この世のそとの」となっているものもある。賢治のこの世ならぬものへの志向性の強さがうかがえる。

145

友だちの
入学試験ちかからん
林は百合の
嫩芽萌えつ、

鑑賞――横山未来子

作者が鬱々と過ごしている間に、友人たちは順調に進学を決め、入学試験の時期をむかえたようである。「林は百合の／嫩芽萌えつゝ」とあるので、林の中にいて、そのことをふと思ったという状況であろう。友人たちからの手紙などで知ったのかもしれないが、考えまいとしてもどうしても気になってしまうという心情が伝わってくる。

作者はこの頃、林を訪れることが多かったようで、この歌の前後に林で百合根を掘っている歌が並んでいる。進学も就職もかなわなかったために、時間をもてあましていたことだろう。植物や土に触れることで、心を落ち着かせたいという思いもあったのではないだろうか。「百合の嫩芽」の生命力はまぶしいほどだったろうが、それを厭わしく思う様子は感じられない。

上句は「友だち」という呼び方や「ちかからん」のひらがな表記が、やわらかい印象を与えている。しばらく会っていない友だちはどうしているかなあという、素朴ななつかしさもこめられているように思う。

鑑賞——嵯峨直樹

友人たちの健やかさをまぶしむ歌。

中学卒業してすぐの入院、自宅療養と続いたせいで賢治と友人たちの生活には大きな溝ができていたのだろう。「入学試験」のことを友人から親しく聞いているのではなく、「ちかからん」と推測している。友人との関わりが薄くなり、世間の動きをガラスごしに見ている感じである。かといって世界から爪弾きにされたという程ではなく、病者として手厚く保護されながら事実上、人生への不参加を決定されているのだ。

上句の淡々とした語調のせいか、下句までどこか他人事な感じがある。「林は百合の／嫩芽萌えつゝ」とあるから、新芽が萌え出て命がぐんぐんと伸長してゆく様子のはずである。にもかかわらず、新たに生まれた命のダイナミズムが消去されている感じがある。百合の新芽に友人を重ねてはいるが、どうも型通りで冷淡さすら感じる。

異稿を参照すると下句が「われはやみたれば小き百合掘る」となっており、賢治の心の中では健やかな友人／病んでいる私という風に二者がくきやかに分断されているのが分かる。

146

またひとり
はやしに来て鳩のなきまねし
かなしきちさき
百合の根を掘る

鑑賞――嵯峨直樹

岩手病院退院後、自身の未来のすがたが皆目見えない状況が続いている。初句の「また」は「ひとり」であることに慣れた賢治のため息まじりの言葉であろう。この歌の中で賢治の肉声が最も間近に感じられるフレーズである。同級生たちは進学を果たし、学校生活を謳歌している。それに比べて俺は、といったもどかしさで焦れるような「ひとり」なのである。

二句目の「はやしに来て」以下では自身の実り少ない暮らしをやや自虐的に表現している。「百合の根」をおそらくは家族の食事の為に掘っているが、若い盛りの男の仕事としてはやはり物足りないだろう。無価値なことをしているという意識が「かなし」という表現として現れる。

三句目「鳩のなきまねし」は、いかにも奇行の童話作家像であるが、この頃の賢治のやるせなさを思うと見かけほど牧歌的な風景ではない。抱え込んだ膨大なかなしみがふいに声として表出されたときに「鳩のなきまね」として現れたのであって、この声の根っこには深い諦念があろう。

鑑賞——横山未来子

前出の「友だちの／入学試験ちかからん／林は百合の／嫩芽萌えつゝ」（145）とともに、林の歌が三首並んでいるうちの一首である。「またひとり」とあるので、この頃頻繁に林に足を運んでいたことが分かる。明確な目標や希望が持てないまま日々を過ごしていた作者は、ふらりと林に行くことが多かったようである。

ひとりで「鳩のなきまね」などをしている姿を想像すると、いかにも孤独である。また、百合根をあらわした「かなしきちさき」という表現は、そこに自己を投影しているようでもあり、一首全体から自分のかなしみに浸っている雰囲気が感じられる。

百合根はおいしいものなので、食料を調達するという目的もあったとは思うが、なによりも作者は、百合根を掘るという行為に没頭したかったのではないだろうか。あたたかい土にふれながら黙々と百合根を掘っている間は、さまざまな憂いを忘れられたのかもしれない。やはり自然は、作者の大きな慰めになっていたのだと思う。

147

あたま重き
ひるはさびしく
錫いろの
魚の目球をきりひらきたり

鑑賞——嵯峨直樹

賢治は退院後も頭が重い症状に悩まされている。入院するほど重篤ではない、中途半端な病者としての生活は長引き、ほとほと倦んでいることが分かる。

二句目「ひるはさびしく」は世界から取り残されたさびしさだろう。健やかな人々にとって昼間は学校や仕事の時間であるが、自身にはそれができない。人生への希望を失ったわけではないからこそ無為に思える暮らしが辛いのである。

結句の「魚の目球をきりひらきたり」はやや偽悪的である。「魚の目球」を例えば、世間の目の象徴として捉えそれを破壊しようとしている、などと解釈してみる手もあるが、ここは作者が自身の暴力性を見せたがっていることのほうが大切なように思う。

この暴力的なイメージには力が宿っている。魚の目を切るなどという面倒な行為は無気力な人間がすることではない。つまるところ向かうべき方向を見出せない青年の膨大なエネルギーが爆発しているのだ。賢治は自身がこういった出口無しの状態にあることを切実に訴えかけている。

鑑賞――横山未来子

鼻の病の後遺症が、ひき続き作者を悩ませていたようである。頭が重ければ、気持ちもふさいでしまう。昼日中からぼんやりと過ごしていたのだろう。

そんな昼に、「錫(すず)いろの／魚の目球をきりひら」いているのだという。手持ち無沙汰のなかで意味のないことをして時間をやりすごしていることの比喩とも取れるが、やはり実際の行動をうたっていると考えてよいのだろう。魚の目玉の金属的な色をあらわした「錫いろ」は、目玉を間近に観察しているからこそ生まれた表現だと思う。この歌の次に、「すずきの目玉／つくづくと空にすかし見れど／重きあたまは癒えんともせず」（１４８）という一首がある。こちらは魚の種類まで書かれていてさらに現実味がある。

目は脳と密接に繋がっている。頭の重さに悩まされている作者にとって、生き物の目玉を切りひらく行為は、自分に返ってくるような痛みの感覚を伴っていたのではないだろうか。どこか自傷行為に近いものを感じさせる。体調が戻らないことへの苛立ちが、作者の心を荒れさせていたのだろうか。

150

職業なきを
まことかなしく墓山の
麦の騒ぎを
じつと聞きゐたれ

鑑賞——嵯峨直樹

自身の心の傷みを直截（ちょくせつ）的に訴えており、力みの少ない歌だと思う。「墓山の麦の騒ぎを」と「の」で繋げてゆく言葉の運びや「かなし」とか「じつと」の使い方に石川啄木（いしかわたくぼく）の影響が色濃い。そもそもが盛岡中学の先輩である啄木に影響されて短歌を始めたのだから当然のようだが、賢治の歌には独自の世界が展開されており、啄木の影を感じることのほうが少ない。

職を持たない、すなわち、社会の無用者である賢治は郷里の墓山に自生する麦が風にさわぐ音を聞いている。さわさわさわという永遠に続くかのようなその音は賢治の魂をたちまち満たし、音そのものに溶けて姿かたちが消失してしまいそうである。墓山というのは郷里にある古墳のこんもりした山のことだろうから、遥かな時間の流れに想いを馳せていたのかもしれない。

二〜三行目「まことかなしく墓山の／麦の騒ぎを」には「まこと」「かなしく」「墓山」「騒ぎ」とア段の音で始まる語がひしめく。この辺りは歌うように出てきたフレーズではないだろうか。明るい韻が作者のかなしみを際立たせている。

鑑賞——横山未来子

友人たちが順調に進学をしたり職を得たりしているなかで、体調が捗々(はかばか)しくない作者は、自分だけが取り残されたような感覚を強くしていたことだろう。「職業なきを／まことかなしく」に、率直な思いがうかがえる。この時期の作者は、自暴自棄におちいっているような、あるいは狂気さえ感じられるような歌を数多くつくっている。だが、作者の心深くには、状況が許すならば目標をもって働きたいという若者らしい夢も残っていたにちがいない。だからこそ「まことかなしく」なのであろう。

この歌では、林ではなく山に足を運んでいる。季節は麦が熟れる初夏だろう。墓が集まっている寂しげな山で、麦の穂が風に鳴る音をひとりで聞いている場面である。

「麦の騒ぎ」という表現は、音の描写であると同時に、これから先どうしたらよいのかと、さまざまに思いをめぐらせている作者の揺れ動く心を思わせる。「じつと聞きゐたれ」には、そんな自身の心を凝視しているようなしずかな凄みが感じられる。

153

対岸に
人、石をつむ
人、石を
積めどさびしき
水銀の川

鑑賞――吉岡太朗

大正三（一九一四）年、十七歳の作で、佐藤通雅氏の『賢治短歌へ』によると、北上川の護岸工事の景とのこと。この歌の核は視点の切り替えにあります。文としては「対岸に人、石をつむ」まで「人」に視点があり、「人、石を積めどさびしき水銀の川」で「川」に視点が移っているのですが、短歌としてはそうではない。「人、石を／積めどさびしき」の「／」の部分で、上の句から下の句に切り替わるのですが、視点の切り替え地点もこの「／」にあるかのように読めてしまいます。二回目の「人、石を」の時点ではまだ「川」は背景でしかなく、あたかも「人」に視点があるように錯覚させられるためです。「人」の話が、いつの間にか「川」の話にすり替わるというトリックです。このトリックがどのような効果を生んでいるのかというと、ごみごみした場所にいたかと思えば、急に静かなところへいきなり投げ出されるような感覚ではないでしょうか。

この二回出てくる「人、石を」は、工事の終わりのなき様を思わせます。賽（さい）の河原の石積みのごときその無間地獄を見ているうちにふとさびしさが兆す。その瞬間に、リフレインは断ち切られ、「つ」は「積」となり、「む」は「めど」となる。私たちは短歌を口にする際、上の句と下の句の切れ目に一拍の呼吸をおくかと思いますが、その呼吸にさびしさが宿るかのようです。

155

そらはいま
蟇の皮もて張られたり
その黄のひかり
その毒のひかり

黄色い、毒々しい空の景。明け方か日暮れでしょうか。あるいは黄砂か何かでしょうか。「蟇(ひき)の皮」、鮮烈な表現です。

普通でしたらそのなまなましさを生かすべく、他は比較的穏当な語を配置するはずです。ところがこの歌はそうなっていない。これがもし一行書きの短歌だったら、「毒」は過剰すぎるように思われたことでしょう。

分かち書きの効用、それは作中で時が流れるということです。一行書きだった場合、下の句「その黄のひかり……」は上の句へ戻っていきます。一行詩という形式には必然的にそのような力が宿る。そうなると「蟇の皮」という語の突飛さを補足説明するものとして「黄」と「毒」という手掛かりが与えられる、という構図の歌になっていたことでしょう。時間は現在の一点から動かない。

分かたれたことで表現は自立します。「そらはいま／」の「いま／」を起点に時は動き出し、「黄」→「毒」という連想は「蟇の皮」へ後戻りするのではなく、さらなる連想に進んでいくかのようです。「黄」も「毒」も「蟇の皮」の補足説明ではもはやない。「黄」が一音で「毒」が二音と、音が増えているのも面白い。

158

火のごとき
むら雲飛びて薄明は
われもわが手もたよりなきかな

鑑賞――吉岡太朗

先に続き、空の歌です。同時期に、「東には紫磨金色(しまこんじき)の薬師仏／そらのやまひにあらはれ給ふ」（156）という歌もあって、これも面白い空の歌です。夜明けの空は青と赤の色彩が複雑に混ざり合いますが、そのさまを「やまひ（病）」と捉えるのは特異な感性と言えるでしょう。「薬師仏」の「薬」と付き過ぎなのは気になるところですが。

さて掲出歌に戻りますと、「薄明」は朝夕どちらにも取れる語ですが、きっとどちらでもよいのでしょう。そこにいる「われ」がそもそも「たよりなき」状態なのですから。

そういうわけで時間ははっきりしませんが、景自体は非常にくっきりしているように思います。その景と、うすぼんやりとしたわれの対比の歌ですが、「手」が興味深いと思います。異稿では

「わが胃もたよりなきかな」となっていますが、「胃」は「われ」から見えず、「われ」に内包されるものなのに対し、「手」は「われ」の部分であると同時に、「われ」から見える最も近い外界の景でもある。物の大きさを写真で伝える際、よく煙草の箱を横に置いたりしますが、「手」は「われ」の一部であると同時に、上の句の遠景と「われ」との距離感を伝えるための近景でもあるのです。

159

なつかしき
地球はいづこ
いまははや
ふせど仰げどありかもわかず

一読連想したのが、井辻朱美（いつじあけみ）の「めぐりきて地球にかへさむはろばろと星系を越えなみだぐむ風」（『地球追放』）という歌です。これはあくまで私の読みですが、双方とも地球を離れた人間が、遠い故郷の惑星をなつかしんでいる歌に思えます（井辻作品のほうが七十年近く後の昭和五十七年刊ですが、そのことについてここでは敢（あ）えて気にしないことにします）。

賢治歌の特異なのは下の句です。井辻歌は最後までSF的な世界観を保っていますが、賢治歌の「ふせど仰げど」、地球を探すのに伏せるのは明らかに変だと思うのです。それでいて伸び縮みする身体感覚に無重力感が漂いもする。井辻作品とは全く別種の魅力と言えます。

歌稿では同種の歌が後に二首続きます。どちらも秀歌です。

「そらに居て／みどりのほのほかなしむと／地球のひとのしるやしらずや」（１６０）。宇宙から見る地球の光を「みどりのほのほ」としているのが美しい。

「わが住める／ほのほ青ばみ／いそがしく／ひらめき燃えて／冬きたるらし」（１６１）。季節の推移を惑星規模で捉えているが、ここにも「いそがしく」という日常的な実感が持ち込まれていて、可笑（おか）しみを誘う。

166

目は紅く
関節多き動物が
藻のごとく群れて脳をはねあるく

鑑賞――吉岡太朗

病的な妄想の歌と取れますが、妙に冷静で分析的なところもある。「目は紅く」の「は」の部分です。他の部分に対し、目だけは紅いということなのでしょうか。異稿では「あかまなこふしいと多き」とあり、こちらはさほど分析的と思いませんから、あえて分析的にしたのでしょう。自分の脳がおかされているのにまるで他人事のよう。離人症的な感覚なのかもしれません。

どんな生き物を連想すればいいのかは、あまりわかりませんでした。語のイメージからすると、地を這う虫の類かと思うのですが、「はねあるく」とあるので違うような気もします。「藻のごとく」と動物を植物にたとえているのも変な感じです。その動物自体、実在のものではないのですから。

面白いのが、分かち書きの後の行ほど文字が増えていることです。特に三行目で八字も増えています。最初単体だった「動物」が一気に増殖したかのようです。しかもこの部分、四句と結句はどちらも八音で定型をはみ出しています。この気持ち悪い韻律が、侵食される感覚を表現しているのでしょうか。

167

ものはみな
さかだちをせよ
そらはかく
曇りてわれの脳はいためる

命令形の歌は苦手です。互選の歌会なら命令形が使われているだけで取るのをやめようと思うくらいです。魔法の呪文じゃないのだから、短歌のなかで何を命じようがそれが実際に起こるはずはなく、命令のあとの一拍の間が気恥ずかしくなるからです。けれどこの歌にそれはあまり感じませんでした。分かち書きによって縦でなく横に読むため、命令形の持つ力が横にそらされてあまり気にならなかったのだと思います。

暗く痛ましい歌ですが、「脳はいためる」とあえて明言されることで、その痛ましさは薄れているように思います。そうなると逆に際立つのが「さかだち」の可笑しさ。腕を脚として用い、危うくバランスを取る人間のさかだちは滑稽（こっけい）なものがありますが、その滑稽さが語感から漂ってくるのです。痛ましさのなかの可笑しさ、希望とさえ錯覚してしまいそうな。

ところで下の句、意味上の切れでいうなら「そらはかく曇りて／われの脳はいためる」なのですが、「そらはかく」で改行し、あとを「曇りてわれの脳はいためる」としています。これはこの歌の巧みなポイントです。こうなっていることにより、「そらはかく」という一瞬意味不明な文字列（それこそ呪文のような）を読者は目の当たりにするわけで、結果として脳が曇って意識がぼんやりしているような感じが出ています。

176

城址の
あれ草に臥てこゝろむなし
のこぎりの音風にまじり来

鑑賞――吉岡太朗

初見の感想は心穏やかな歌だ、というものでした。あたたかい季節、城址の草の上に寝そべっているとと風がここちよくて、こころがかるくなっていく。外界と自己との境界があいまいになっていき、瞑想のような境地に達する。たとえば坐禅などは五感を鋭くしますが、そのようにして研ぎ澄まされた作中主体の耳は、もともときこえていた遠くの「のこぎり」の音に気付いたのだった。

読み返して「あれ草」が気になりました。「こゝろむなし」は「虚心」ではなく、「こころにむなしい気持ちを抱く」のほうではないだろうか。そう読むと「のこぎりの音」もさみしげなものを含んできます。深読みするなら反復動作に労働の悲哀を感じ取ってもいいし、木が損なわれることの痛ましさを読み取ることだってできる。
でも「址」「あれ草」のあとでのそれは、あまりに付き過ぎではないでしょうか。たとえそうは読み難いとしても、最初の読みのほうが面白いと思います。唐突に現れる「のこぎりの音」が、作中主体の心情とは無関係に存在する世界のあるがままの事象として描かれているからです。

178

風ふけば
草の穂なべてなみだちて
汽車のひゞきの
なみだぐましき

鑑賞——吉岡太朗

風が吹く。おそらくうしろから吹いてくるのでしょう。一面に広がっていく。草はエノコログサか何かでしょうか。それが風に揺すられる。だだっぴろく荒涼とした秋の草はら。そんな場面が上の句から浮かんできます。

向こうからは汽笛の音。汽車の駆動音がこちらへとだんだん近づいてくる。それは「風」が「草の穂」に作用する空間よりもはるかに外側、遠いところからやってくるかに思えます。それはどこかかなしみを誘う音でもある。

面白いのは、上の句は「草の穂」を媒介として視覚的に、下の句は「汽車のひゞき」をもって聴覚的に描かれているのですが、前者は此方から彼方へ、後者は彼方から此方への動きなのです。二つの感覚、二つのベクトルによって空間を立ち上げている。まるで一首全体が寄せては返す波のようです。

結句で最終的に歌は感情に回収されます。三句目の「なみだちて」に「なみだ」が含まれているのは偶然かもしれませんが、これがあることでかなしみは「汽車のひゞき」自体にというよりは、作中の空間全体に広がっているように読めます。

180

はだしにて
よるの線路をはせきたり
汽車に行き逢へり
その窓明し

鑑賞——吉岡太朗

なんだこの日記みたいな歌は、と思いました。切れ目が多すぎるし、「はせきた」るのも「われ」なら、「行き逢」うのも「われ」で、「明」るいのは「窓」ですが、これも「われ」の感想に過ぎないわけです。

以下のように直すと短歌的にはごくまともになります。「はだしにて／よるの線路をはせきたり／行き逢ふ汽車の／その窓明し」、けれどこれは明らかに改悪です。「窓」の美しさが損なわれてしまったからです。なぜかというと「その」が「汽車」に完全にかかることになり、窓が汽車の単なるパーツに成り下がったからです。

元歌だと「その」のかかる場所は曖昧です。もちろん「汽車」にかけるのが普通ですが、多少無理すれば汽車と無関係のそこらへんの窓としても読めなくはありません。

「その窓」は、いったん「われ」の主観に取り込まれた窓なのです。夜に窓だけがぽっかりと浮かんでいるかのようである。分かち書きは時の流れをつくると先述しましたが、最終行において、「われ」の心的世界にはもはや「汽車」は過去のものとなって存在しておらず、ただ虚空にひかる「窓」だけがある。

はだしで線路（沿い）を走るというのは非日常的な場面ですが、その状況の特殊性が窓をなお明るく、美しくしているかのようです。

184

さびしきは
壁紙の白
壁紙の　しろびかりもてながれたる川

鑑賞――吉岡太朗

佐藤通雅氏が、「山峡をゆくときに白い壁紙の家を目にした」（『賢治短歌へ』一二一頁）と書かれていて、ちょっと驚きました。外から家を見ている歌とは思わなかったからです。どうも恋した女性を追って釜石へ旅をした時の歌らしいのと、「白」という語から（山峡を流れる）「川」が導かれていることを考えると、確かにその通りだと思います。

けれど作品の内面的、心象的な事実からすると、家の内部からの視点と見たほうがしっくりくるのではないでしょうか。歌の左上、二列に並ぶ「壁紙」には、視覚的な圧迫感があります。まっしろな壁に四方を囲まれ、空間がさびしさで満たされていくような感覚。強迫観念的なものも感じます。

それに対し、「川」は解放のイメージ。そこから抜け出してどこまでも流れていきたいという願望。あるいは抜け出していこうという決意。

だから景としては旅に出ていて汽車からの眺めを詠んでいるのでしょうが、描かれた心の動きは旅に出る時のものなのではないでしょうか。さびしさを目的の女性に会いたい気持ちと捉えるなら、これは恋心の歌となります。

186

しやが咲きて
きりさめ降りて
旅人は
かうもりがさの柄をかなしめり

鑑賞——吉岡太朗

私事になりますが、数年前より文鳥を飼っております。籠から出してやると飛んできて肩や手に乗り、肉を突かれて痛い時もあるものの、とても可愛らしく思います。けれどその小さくて儚い存在を見ていると、同時に胸をしめつけられるような、苦しみをともなう感情も抱いてしまいます。その脆(もろ)いからだ、たやすく折れそうな両足、十年にも満たないという命の時間すべてを、籠と部屋の中で過ごすであろうこと。そんなことを考えつつ、そのつぶらな瞳を覗き込むと、無邪気に首を傾げるような仕草などしてきます。かわいそうは可愛そうとも書きますが、それはかわいいとは表裏の感情なのではないでしょうか。

歌に戻りますが、かなしいは愛しいとも書きます。かなしさといとおしさもまた表裏のものではないかと思います。旅人はきっと遠いところからやってきて遠いところへゆくのでしょう。ずっとそのこうもり傘を携えてきたし、これからも旅の伴侶として連れてゆくのでしょう。いつかその傘を失ってしまうことがあっても、握りしめていた手はその柄の感触をけして忘れないでしょう。

190

乾きたる
石をみつめてありしかな
薄陽は河原いちめんに降り

鑑賞――吉岡太朗

あめも来ず／たゞどんよりといちめんの雲／しらくもの／山なみなみによどみかゝれる（173）

行けど行けど／円き菊石／をちぞらの　雲もひからず／水なき河原（183）

これらは掲出歌とほぼ同時期に書かれた曇天の歌である。曇っているのに雨が降らない、ということを詠んでいます。前者はそのことを直截に述べておりますし、後者の「雲もひからず」は稲妻がくれば雨を連れてくるだろうにそれがない、ということでしょう。それに続く「水なき河原」で土地の渇きを嘆いています。

この二首は雨の降らない景、雨以前の景ですが、掲出歌はおそらく雨後の景を詠んだ歌です。

雨は確かに降ったのでしょう。けれど大した雨量ではなかった。雲が切れ、うっすらと陽がさしてきて、それが河原全体へと広がっていく。雨を浴びたはずの石もあっという間に乾いていた。あれほど待った雨がこの程度のものだった、という失望をこの歌は描いているように思います。石を見つめる繊細なまなざしには、嘆くことにも疲れたような無気力が匂う。そしてそこへ薄陽（うすび）がのしかかるような……。

193

いなびかり
またむらさきにひらめけば
わが白百合は
思ひきり咲けり

鑑賞——吉岡太朗

「乾きたる／石をみつめて……」（190）の歌は土地の渇きを詠んでおり、それに続く「いかにかく／みみずの死ぬる日なりけれ／木かげに栗の花しづ降るを」（191）という歌でも、蚯蚓の死骸はおそらく干からびています。それ以前にも同種の歌（183等）はある。ここまでを渇きの歌群としましょう。

その次の歌では急に潤いが与えられます。「いなびかり／くもに漲り／家はみな／青き水路にならび立ちたり」（192）という歌です。梅雨がきたのでしょう。雨の降る景と取れます。

掲出歌はさらにその次の歌（193）です。「くもに」の歌は外の様子を描いているのに対して、こちらは屋内の景と思われます。稲光がして窓のほうを見た際に、窓辺に飾ってあった百合に意識が向いたのではないでしょうか。

この言い方だと落雷の瞬間に百合が開花したかのような印象を与えますが、百合の花の見事な開きっぷりに、稲妻の天から地に伸びる様を重ね見たのでしょう。「わが」とあることから愛着のある百合のようですが、率直に内心の喜びを示しているようにも取れます。

渇きの歌には嘆きの歌が多いように思いますが、天の恵みはこころをも潤すようです。

198

いざよひの
月はつめたきくだものの
匂をはなちあらはれにけり

鑑賞――吉岡太朗

いざよいとはためらいのこと。満月の翌晩は月の出がやや遅いことからこのような言い方がされるようになったそうです。「いざよひの月」と「あらはれにけり」のあいだに「つめたきくだものの匂(にほひ)をはなち」を挟むことによって、闇から月があらわれるまでの間を表現していると言えます。

この歌の一番の旨みは、「月」を「くだもの」に見立てたことですが、「匂」とあることにより、その見立ての影響が空間全体に及んでいるのが効果的です。においとは漂うものですから、光に共感覚的ににおいを視(み)たのか、場所の空気感が果実を思わせたのか。折しも月が出るその時に木に実るものの香を嗅いでしまった、という風にも考えられます。いずれにせよ、ことばの上からもひややかでみずみずしい香りがたちのぼってくるかのようです。
ところで制作年代から考えると、「つめたき」に冷蔵庫に収められていたかのような人工的な冷えを読み取るのは誤りでしょうか。月の持つ無機質さのせいなのか、そのような印象を拭うことができません。以下の歌は短歌同人誌「町」創刊号（二〇〇九年）誌内の「本歌取りの複数」という企画で、この歌の本歌取りとして発表されたものです。「街路樹にみづみづ光る電球を摘みとりながらあなたの家へ」（平岡直子）。

205

よるべなき
酸素の波の岸に居て
機械のごとく　麻をうつひと

麻の茎の皮からとった繊維を、麻糸にする過程の一つとして行われるのが、麻打ち(あさぶち)です。縒った繊維の束を床に打ちつけることで柔らかくします。その作業を行う人物を見ている場面なのでしょう。そのひとの動作を「機械」のようだ、と言っています。

おそらくこの歌の背景には、明治以降に始まった紡績の機械化があるのでしょう。麻を打つ人物は、伝統的な方法で麻糸を作っているのだと思いますが、それを「機械」と呼ぶことには、素朴な文明批判や礼賛ではない微妙な屈折が見えるような気がします（手がかりが少ないため、これが工場の場面だという可能性は完全には否定できません。その場合は比較的わかりやすい文明批判歌ということになります）。

「酸素の波」は「麻をうつひと」の息遣いでしょう。床に何度も麻を打ちつける反復動作にも、「波」を見ているのだと思います。「口が吸う空気―麻を打つ身体―打たれる麻」その三点によって構成される閉鎖系を、麻打ちの動作の中に見出し、その系に対して感じる印象を、「機械」という名で呼んだのではないでしょうか。

207

停車場の
するどき笛にとび立ちて
青き夕陽にちらばれる鳥

鑑賞――吉岡太朗

青い夕陽。どこかこの世ならざるような幻想的な景です。ハワイなどへ行けば、実際にそのような夕陽がみられるそうですが、宮沢賢治の歌として読む限りにおいて、これがハワイの景とは考えにくい。でしたらこれは幻視の類でしょうか。それとも夕陽が鮮やかな時に、空の反対側に現れるあの美しい青のことを言っているのか。一方で「するどき笛」のいかめしさは現実の手触りを持っています。その笛の音に驚いた鳥たちが宙に飛び立ち、空一面に広がっていく動き。地から天へと、その扇形の運動の過程で現実が幻想にすり替わろうとする。ちょうど上の句から下の句への転換地点でもあり、そこに置かれる一拍の呼吸が、切り換えの合図となっています。

また調べのよさについても指摘できると思います。「とび立ちて」のT音が硬質な印象を与えるのに比べ、「青き夕陽」の「ＹＵ」ののびやかな韻律は、停車場に流れる時間（現代ほどでないにせよ、時刻表に管理されてしまっている時間）に対しての天空の時間の流れ方の違いを描き分けているかのようです。

208

すゝきの穂
みな立ちあがり
くるひたる
楽器のごとく百舌は飛び去る

鑑賞――吉岡太朗

先の歌と同じように鳥が飛び立つ歌ですが、「停車場」の歌のほうが三行書きなのに対し、こちらは四行書きです。まず「すゝきの穂」と目にうつった事物が提示される。次に事物へと「立ちあが」る動作が生じる。順序立てて、区切られた時間の経過。後半の区切り方は一見不思議ですが、まず「くるひたる」ような印象が先立ち、遅れてそれが「百舌の飛び去った景だ」という把握が行われたのでしょう。

もちろんすべて刹那の出来事です。けれどそれがコマ送り（まさしく四コマ漫画のような）されていることで、時間が引き伸ばされているように感じられてしまう。

大きな風が吹いたのでしょう。それが一面のすすきの穂を持ち上げた。きっと穂擦れの大きな音がしたでしょう。「くるひたる／楽器のごとく」は「百舌」にかかりますが、「百舌」がこの風に驚いて飛び去った際の、その驚きを媒介としてこの風にもかかってくるのだと思います。つまり「くるひたる楽器のごと」き風、でもあるのです。時間をコマ送りにする手法は、おそらく風の力強さを伝えるために選ばれた表現なのでしょう。

ちなみにここにおける鳥はモズではなくムクドリと考えられます。賢治が混同したとも、花巻地方で混同しているとも説があります。

209

夏りんご
すこしならべてつゝましく
まなこをつむる露店のわかもの

鑑賞——吉岡太朗

縁日の場面が浮かびます。大正期のことなので露店は縁日に限られたものではありませんが、どこか祝祭性をまとう歌なので、縁日と読んで差支えないのではないかと思います。

縁日は稼ぎ時のはずなのでふつうなら商売には気合いをいれるのではないでしょうか。それなのにこの若者はときたら、肝心の商品はすこししか置いていないし（希少種なのかもしれませんが）、客引きどころか目を閉じている。「まなこをつむる」のM音とN音が紡ぐなめらかな韻律にはくつろいだような印象があります。若者の様子からかもしだされているものでしょう。その印象が不思議に若者を「つゝましく」と肯定的に思わせている。のほほんと構えていて、一体どうやって生きていくのかわからないような若者、けっして身分が高いわけではないが、それとは違うところでどこか特権性を帯びているような……。
初句にぽんと置かれ、分かち書きによって浮かんでいるかのような「夏りんご」。その香りが歌全体に漂い、「つゝましく」や「まなこをつむる」をより一層肯定することの祭り。

212

かすかなる
日照りあめ降り
しろあとに
めくらぶだうの実はうれてあり

鑑賞――尾﨑朗子

天気雨がさーっと通り過ぎた後、花巻城址のぶどうの実に陽があたり光彩を放っている――という情景がまず目に浮かぶ。「めくらぶだう」は野ぶどうのことで、淡い青、青、紺青、紫、赤紫と光沢のある美しい実をつける。雨上がりの土の匂いがするあたたかな光景だが、賢治の視線は陽光を取り戻した空から野ぶどうの低木へと下がっていく。視線の下降には、その春、病気のため進学を見送ったことに対する鬱屈としたものがあったとも考えられる。この歌に続いて、「なにげなき／山のかげより虹の脚／ふつと光りて虫鳴けるかな」（213）という一首があり、そこから日照り雨の後、賢治と野ぶどうの上には大きな虹が架かっていたことがわかる。

この二首のモチーフは、後年に書かれた「めくらぶだうと虹」という短い童話へとつながっていくのだが、この虹と野ぶどうとの会話で成り立つこの童話では、命の等しさ、命の永遠性というものに触れている。しかし、大正三年、十八歳の賢治には、まだそこまでの悟りはなく、だからこそ温感のある一首になったのではないだろうか。（作品が書かれた当時の表現のまま掲載しています）

215

秋風の
あたまの奥にちさき骨
くだけたるらん
音のありけり

鑑賞——尾﨑朗子

頭の中にある小さい骨は砕けていただろうといっており、驚かされるが、これは鬱屈とした思いを、独特の表現で述べたのだと思われる。魚の小骨などが刺さった経験がある方ならおわかりだと思うが、体内で生じる違和は小さなものであっても悩まされるものだ。それが「あたまの奥」で起こっているのだから、当時の賢治の心は非常に重苦しいものに支配されていたと想像される。そんなメランコリーな思いを引き出すのに、初句の「秋風の」という語句は効果的。

掲出歌は「音のありけり」と結んでいるが、「ちさき骨」が砕ける音は、どのような音だったのだろうか。

ここでも初句の「秋風」がイメージを喚起させるはたらきをしているように思われる。古来「秋風」は「色なき風」といわれるように、透明な涼感がある。そんな秋風に似合う音とは？と考えていくと、私の頭の奥で水琴窟（すいきんくつ）の硬質な音が鳴りだした。骨が砕ける音にしては美しすぎるかもしれないが、そのように感じることで賢治の鬱屈とした悩みも多少は救われるように思われる。

218

空しろく
銀の河岸の製板所
汽笛をならし夜はあけにけり

鑑賞――尾﨑朗子

　初句の「空しろく」は日の出間近に空が白んできた情景だろうか。夜の闇が徐々にほどけていく時間帯に、河岸の製板所もぼんやりと浮かんでくる。「銀の」という修飾語からは静寂した様子が感じられる。下の句では夜明けが汽笛とともにやってきたと述べている。夜明けとともに作業を始めた製板所の機械の音を「汽笛」に喩えたのだろう。ただ単に製板所の稼働に朝の到来を知るのではなく、機械音を「汽笛」と感じたことから賢治の前向きな心情を読みとることができる。

　掲出歌の次に、「舎利別の／川ほのぼのとめぐり来て／製板所より／まつしろの湯気」（219）という歌が並んでいる。「舎利別（しゃりべつ）」はシロップのこと。つまり、甘いシロップの川ということになり非現実の世界を描いているのだが、下の句では、早朝に稼働している製板所を描き、現実に戻っている。賢治は、夜の夢の世界と夜明け後の現実という二つの世界があること、それは地続きであることを感覚的にわかっていたと思われる。

　そのように考えると、掲出歌にある「汽笛」は二つの世界をスイッチする装置だったのかもしれない。

221

入相の町のうしろを巨なる
銀のなめくぢ
過ぐることあり

鑑賞――尾﨑朗子

入相には夕暮れという意味があるので、「入相の町」は薄闇が覆いはじめた時間帯の町と思われる。「逢魔がとき」とも呼ばれる時間帯だ。そんな夕暮れの町を大きな「銀のなめくぢ」が通り過ぎることがあるといっている。

「銀のなめくぢ」は賢治の童話「蜘蛛となめくじと狸」や「洞熊学校を卒業した三人」に登場しているが、どちらの童話のストーリーもよく似ていて、名声欲が強い三匹が、お互いに大きくなることを競い合うというものだ。童話の中の「銀のなめくぢ」は、人当たりがよくとても親切なのだが、実は優しい言葉の裏で悪行を繰り広げている。巣にかかる生き物を容赦なく食べてしまう蜘蛛よりもずっと悪質で、一生出会いたくない性格のなめくじだが、人間界には、こんな悪党がそこいらじゅうにいそうな気がしてくる。
禍々しい夕暮れどきの町裏を通り過ぎる「銀のなめくぢ」は、賢治が苦手とする特定の人物の比喩だったのかもしれない。もしくは、賢治の忌み嫌う悪なるものの象徴としてあるのかもしれない。

222

〔うろこぐも月光を吸ひ露置きてばたと下れるシグナルの青〕

鑑賞――尾﨑朗子

「うろこぐも」とあるから、季節は秋。この歌が詠まれたときの夜空は、小さな雲片の集合体であるうろこぐもが出ているため、月の明るさは多少軽減したものの、ほんのりと月の光が感じられていたと思われる。さらに「露置きて」からは、秋の深まりが感じられ、静かな秋の夜なのだ。

そこへ、下の句の「ばたと下れるシグナルの青」という転換は意表をついている。「シグナル」は、いまの私たちが真っ先に想像する道路に設置された信号機ではなく、これは鉄道の電信柱に設置されたもの。シグナルが「青」になったということから、列車がまもなくそこを通ることを示唆しているのだ。

上の句の光景から「ばたと下れる」という突発的な動きを挟み、静から動へと時間の変化を鮮やかに表現している。

賢治の童話に「シグナルとシグナレス」という作品がある。本線の踏切であるシグナルと支線の踏切のシグナレスの恋を描いているのだが、この作品から当時の鉄道の様子を知ることができるだろう。

鑑賞〔第三期〕

盛岡高等農林学校時代

盛岡高等農林学校の植物園にて寮友とともに。後列左から3人目が賢治。前に腹ばいになっているのが保阪嘉内。
（写真提供　アザリア記念会）

224

そら青く
ジョンカルピンに似たる男
ゆつくりあるきて
冬はきたれり

鑑賞――尾崎朗子

この一首のなかでとても目立ち、気になるのが「ジョンカルピン」という固有名詞だ。この人物は、十六世紀前半のフランスの神学者ジャン・カルヴァンのことで、キリスト教宗教改革初期の指導者として知られている。賢治は熱心な浄土真宗の家に生まれているが、長じて「法華経」に魅せられ、日蓮宗系の国柱会で活動する。このように宗教への親和性が高い賢治にとっては、キリスト教の指導者である「ジョンカルピン」も、案外近い存在だったのかもしれない。

「ジョンカルピン」という一語は、その人物が何者かを知らなくてもその音からは、軽やかな乾いた空気を感じとれるのではないか。また、この人物が非常に厳しい宗教改革を断行したことを知っていれば、まもなく訪れる東北の冬の厳しさも想像させるのではないか。
深い青空の下、秋から冬へと移りゆく空気を敏感に感じている一首だが、ジョンカルピンに似た男がゆっくり歩いてきたことと、冬の到来を並列することで、さまざまなことを想像させ、それでいて読者の想像を散漫にすることもないこの一首はとても魅力的だ。

231

かゞやける
かれ草丘のふもとにて
うまやのなかのうすしめりかな

鑑賞――尾﨑朗子

大正四（一九一五）年四月、念願かなって、盛岡高等農林学校に入学した頃の作品。友人たちより進学が一年遅れた焦りや心に重くのしかかっていた悩みからも解放され、学問と文学への志向を強めていく、まさにスタートのときである。

この一首が詠まれたのは早春。雪解けが進んだ大地には、ちらほらと草々が萌えはじめている。そこへ力を増してきた春の日差しが差し込むことで、目の前の丘が輝いて見えるのだ。雪の多い地域に生活する人たちが、待ちに待ったあたたかみのある光である。この春の明るい景色の描写は、賢治の心の描写でもあると思われる。

下の句では、外の世界から、「うまや」へと目を転じている。当時の馬小屋は、昼間でも薄暗かったと思われるが、この薄暗さには落ち着きがある。同様に結句の「うすしめり」にも、暗いものは感じられない。これは結句を「かな」と詠嘆でおさめたからかもしれないが、まるでうまや全体が馬の息で湿っているような、生命感が漂う心地よい湿度を読む者に感じさせる。

しめやかに
木の芽ほごるゝたそがれに
独乙冠詞のうた嘆きくる

鑑賞――尾﨑朗子

「木の芽ほごるゝ」とあるから、春の一首とわかる。「ほごる」は「ほぐる」に同じ。上の句では夕暮れどきに木の芽がひらくといっている。昼の強い日差しに促されたわけではなく、生物の活動が低下する夕暮れに、木の芽はひらいていくのだ。そこには静かで強い、木の芽の生命力が感じられる。

下の句の「独乙(ドイツ)冠詞(かんし)」だが、ドイツ語を難しくしている理由の一つにこの冠詞の存在があるという。歌でも「嘆きくる」と結んでいるから、賢治も悩まされたのだろう。また、賢治には「木の芽ほごるゝ」と「独乙冠詞」という言葉を使った「樹園」という詩がある。詩の一部が欠落しているため、この詩に込めた思いを読み取ることは困難なのだが、詩の最後は「青々となげく窓あり」（傍点筆者）となっており、独乙冠詞に関する嘆きがここでも伝わってくる。
しかし、掲出歌では、芽吹きの時間帯を夕暮れに設定することで、木の芽の生長への力を潜ませていると考えれば、ドイツ語の複雑さを嘆きながらも賢治は勉学への意思を強くもっていたように思われる。

244

野うまみな
はるかに首あげわれを見る
みねの雪より霧湧き降るを

鑑賞――尾﨑朗子

野に放牧されている馬たちが、すーっと首を高く伸ばして、賢治を見ている。「はるかに首あげ」というのだから、賢治の視点は、馬とある程度の距離を保っていたように思われる。野に何頭の馬がいたのかはわからないが、ここでは一頭、一頭の馬の個性は抑えられ、同じ動作をすることで、風景に溶け込ませ、静かな情景となっている。

上の句では、野にいるすべての馬は「われ」を見るといい、下の句では、山の峰から湧いた霧が野へと降ってくるのを見ていると述べている。つまり、馬たちの眼は賢治を見て、さらに背後の山へと向いていたのだ。馬たち、賢治、山の位置関係がよくわかる。

「霧」は秋の季語だが、この歌の一つ前に〔雲されてにはかに夕陽落ちたればこゝろみだれぬすゞらんの原〕(２４３)があるので、この歌も春と考えてよいだろう。急に冷え込んで山霧が発生した、ようやく訪れた春なのに、冬へ逆戻りするような冷気に馬も賢治も警戒しているのではないだろうか。

246

この惑星
夜半より谷のそらを截りて
薄明の鳥の声にうするる

鑑賞──尾崎朗子

太陽系の惑星は地球を含めて、現在八つ。「この惑星」とは、具体的にはどの惑星のことだったのか。明るく存在感のある惑星といえば金星だが、金星は地球の内側を公転するため夜半（夜中）には見えない。すると、金星に次いで存在感のある木星だったのかもしれない。

賢治は夜半から薄明（夜明け）までの間、谷間から空を見上げている。「この惑星」の動きをじっと見つめているのだ。そして、気づけば空は白々としてきて、鳥の声も聞こえてきた。おそらくは五、六時間、天体観測をしていたことになるのだろう。いくら夏であっても夜中になれば、岩手の山中は気温もだいぶ下がると思われるが、賢治はそのようなことは気にせず、ひたすら惑星の動きを見ていたのだろう。

「薄明の鳥の声」を合図に、朝は加速してやってきて、惑星の輝きは朝の光に覆われていく。夜明けとともに、星の輝きは失われていくのだが、夜通し空を見上げていた賢治の心は、惑星の動きに目を凝らしたことで得られた充足感があるように思われる。

250

ちぎれ雲
百合の蕋噛む甲虫の
せなにうつれる山かひのそら

鑑賞――尾﨑朗子

上空の強い風によってちぎられた断片雲を「ちぎれ雲」という。この雲は天気が下り坂になるサインであり、風によってその姿を目まぐるしく変えることもある。賢治はそんな山峡の空を甲虫の背中に映して見ているのだ。

甲虫類には、カブトムシやクワガタ、コガネムシ、小さいものであればゾウムシもいて、その種類は三十五万種ともいわれている。この一首に詠まれた甲虫は、百合の蕋(しべ)を嚙んでいるところから想像するに、ハナムグリなのかもしれない。しかし、ひとつに限定しなくても、甲虫の多くは硬くつややかな鞘翅(さやばね)をもっているので、そこに空が映ったと思い描けばよいのだろう。

小さな虫の背中に広大な空が映っているという賢治の指摘によって、私たちの眼は拡大鏡のような働きをもち得る。その結果、虫の背中がとても大きなものに感じられてくる。これは価値観の逆転で、小さな虫であっても、その命には空も含めた自然を内包していると、賢治は考えているように思われる。

255

大ぞらは
あはあはふかく波羅蜜の
夕づつたちもやがて出でなむ

先の二首（246、250）で詠まれた空は、谷間から見えるやや小さめの空だった。しかし、この一首は「大ぞら」だから、視界の開けた場所から空を見ているのだろう。「あはあはふかく」は、夕暮れの様子を述べている。昼と夜の境目のような時間帯の、暮れそうで暮れない微妙な色合いの空である。そこへ「波羅蜜（はらみつ）」という彼岸に到ることを意味する仏教用語が添えられることで、幻想的な雰囲気が高まる。

そして、自然な流れで下の句へと続いていくのだが。「夕づつ」は、漢字では「夕星」と書き、字の通り夕方に現れる星を指す。子どもの頃に「一番星見つけた！　二番星見つけた！」と心を躍らせて夕方の空を見上げた経験はないだろうか。同じような心もちで賢治も星が出るのを待っていたと思われる。

現代の日本の多くの地域では、深夜になっても本当の闇はない。しかし、この歌が詠まれたのは大正初期の岩手。天文学にも造詣が深い賢治ならば、この季節にはどの方角にどんな星が見えるのか、知っていただろうし、実際によく見えたことだろう。一番星を待つまでの時間、わくわくしていたに違いない。

256

日はめぐり
幡はかゞやき
紫宸殿たちばなの木ぞたわにみのれる

鑑賞──尾﨑朗子

この作品は大正五（一九一六）年三月の作品群の冒頭に置かれている。盛岡高等農林学校の二年生となった賢治は、三月の終わりに修学旅行へ参加している。東京・京都・奈良・大阪・大津・伊勢・鳥羽・箱根などを十二日間でめぐる大がかりな旅で、当時の交通事情を考えると、移動に多くの時間がかかり、大変だったと思われる。しかし、それだけ賢治たち学生は未知のものに接して、好奇心を満たしていったことだろう。

この歌は京都御所を訪れたときに詠まれた。「幡（はた）」は、仏や菩薩（ぼさつ）の威徳を示すシンボルである幢幡（どうばん）のこと。「紫宸殿（ししんでん）たちばな」も、左近の桜に対する右近の橘として有名だ。

京都御所を訪れ、目に飛び込んできた景を賢治は歌にした。「日はめぐり」「幡はかゞやき」

「たわにみのれる」と動詞を多用しているものの、ゆったりとした時間の経過を表している。ここに流れる時間は、賢治が見学していた時間であるとともに、京都御所の千年の時間でもあるように思われる。その土地に漂う荘厳な空気を賢治は敏感に悟っていたのだろう。

262

明滅の
海のきらめき　しろき夢
知多のみさきを船はめぐりて

鑑賞――尾﨑朗子

賢治の修学旅行は続いている。この歌では愛知県西部の知多半島を訪れている。上の句は、太陽光に輝く海を述べているが、「明滅」という言葉選びに賢治らしさがあると思われる。明滅というと、もっと明と暗がはっきりしたイメージがあり、海のきらめきに対しては明暗の幅が大きすぎるように思われるが、この言葉があることで、目の前の情景にとどまらず、賢治の意識の世界へ通じることができ、「しろき夢」という心象世界に結びつくように思われる。賢治にとって「白」という色は美しく清らかなもので、それは亡き妹トシを「白い鳥」と詩にうたっていることからもうかがえる。

下の句は知多半島から見たものを詠んでいる。知多半島は渥美半島とともに左右から三河湾を囲むようにせり出しているが、賢治が目を向けていたのは太平洋の大海原のほうだろう。水平線のその先にある未知のものを心に描きながら、航海に赴く船をみていたのだ。上の句の「しろき夢」にもつながっていく。大正五年、渡航はまだまだ現実的ではなく、だからこそ夢、憧れだったのだ。

264

喪神の
鏡かなしく落ち行きて
あかあか燃ゆる
山すその野火

鑑賞――尾﨑朗子

修学旅行中の賢治は三島へと向かう列車に揺られている。この歌は、車窓から夕暮れの富士山を見たときに詠まれた。

「喪神（そうしん）」は、喪心と書くこともあり、ぼんやりした状態をいうのだが、賢治は少し異なる使い方をしていて、生気のないほの白い太陽を「喪神」「喪神の鏡」と表現している。この言語感覚の独特さ鋭さに賢治文学の面白さがあるともいえる。「喪神の鏡かなしく落ち行きて」と夕日を詠むことで、単なる自然描写を超え、宇宙的な時間や空間までもイメージさせる精神世界がひらけていく。

下の句では、富士山の裾野で行われている野焼きを詠んでいる。野焼きは伝統的な農法の一つで、長じて農業指導者としても活躍した賢治は、野焼きの火を見ながら、その後行われる種蒔きから収穫までの農業者の働きについても思いを巡らしたかもしれない。そこには人間の生活がある。だからこそ、かなしく落ちていく夕日とは対照的に、野火には「あかあか」と生気があるのだろう。

278

山山はかすみて続る
今日はわれ
畑を犂くとて
馬に牽かれぬ

鑑賞――尾﨑朗子

大正五（一九一六）年三月の作品。盛岡高等農林学校の二年生になった賢治は、山にかかる春霞を見ながら、農業実習として畑を犂いている。しかし、農耕馬を扱うことに不慣れなため、馬の気の向くままに畑の上を牽かれてしまったようだ。馬に引きずられる様子が目に浮かび、くすっと笑いたくなる場面で、賢治本人も楽しんでいるようだ。

質・古着商を営む家に生まれた賢治は、凶作の年には、農家の人びとが、なけなしの家財道具を持って、お金を借りに来たのを幼いころから見ていた。その様子を見ているうちに賢治はさまざまなことを考えるようになり、農業にも関心をもっていったのだが、おそらく農作業の実践経験は少なかったことと思われる。

二句目の「今日はわれ」には、賢治の向上心がみられる。今日は馬に牽かれて失敗してしまったが、次はしっかりと馬を扱って、上手に畑を犂いてみせると決心しているように感じられる。この決心の先には、幼いころに見た悲しい顔の農家の人たちがいたのかもしれない。

282

今日よりぞ
分析はじまる
瓦斯の火の
しづかに青くこ、ろまぎれぬ

鑑賞――尾﨑朗子

こちらも学生生活を詠んだ一首だ。初句の「今日よりぞ」の強調の助詞「ぞ」に、研究に対する賢治のやる気が現れているようだ。念願の盛岡高等農林学校で学ぶことに賢治は喜びを感じているのだ。

実験をして何らかの分析を試みているのだが、どのような実験だったのかはこの一首からはわからない。ただ、「瓦斯(がす)の火」という言葉からは、品種改良などのバイオテクノロジー領域ではなく、土壌を豊かにするための肥料の開発などが想像される。冷害による凶作などの被害を極力防ぐための研究だったのではないかと思われる。研究に没頭している賢治の姿は、童話『グスコーブドリの伝記』のグスコーブドリを彷彿させる。
賢治の作品はとても色彩表現が豊かだが、とりわけ「青」は、その中心的な色合いとなっている。ここでもガスの火を青と表現している。単に視覚的に青かったというだけではなく、この一首における「青」は、静かでありながら熱量をもった賢治の研究に向かう心もちを表していると考えられる。

283

双子座の
あはきひかりは
またわれに
告げて顫ひぬ　水いろのうれひ

双子座を探すときには「冬の大三角」を目印とする。双子座を構成する星には、カストルとポルックスという一等星が仲良く並んでいて、童話「双子の星」の二人の童子が思い出される。四句目の「顫ひぬ」は星が震えるということだから、瞬きと考えてよいだろう。星たちはきらきらと瞬きながら賢治に何を告げたのだろうか。結句では、「水いろのうれひ」といっているので、賢治の心のなかには、憂愁の感情が流れていたようだ。「双子の星」では「水色の烈しい光の外套を着た稲妻」が王様の伝令として、双子の童子を救いに登場する。「水いろ」はひんやりした色だが、優しい風情もある。

この時期、賢治は充実した学生生活を送っているのだが、それだけでは満たされないものがあったのではないだろうか。それは詩や短歌、童話といった文芸への思いだったのかもしれない。学問だけでは満たされない己の業の深さを認め、そこから生じた悩みを「水いろのうれひ」と述べたようにも思われる。

300

黒雲を
ちぎりて土にた、きつけ
このかなしみの
かもめ　落せよ

鑑賞――堂園昌彦

大正五（一九一六）年、宮沢賢治二十歳の時の歌。雲の歌はほかにも、この歌の二首後に「赤き雲／いのりのなかにわき立ちて／みねをはるかにのぼり行きしか」（302）がある。賢治は空を見上げることが多かったのだろう。

掲出歌では、空から地面への大きな動きに迫力がある。空に浮かんでいる黒い雲をちぎって地面に叩(たた)きつけてしまいたい。そして、このかなしみを帯びたようなかもめも、一緒に空から落としてしまえ。空に浮かぶ雲をちぎるほどの強い感情が伝わってくる。

「このかなしみの／かもめ」が少し難しい。筆者はかなしみの象徴物としてのかもめと捉えたが、違う解釈もできるかもしれない。ともかく、そうしたかもめが飛んでいる。かもめがいるから水辺、空には重たい雲がかかっている。

怒りや悲しみといった強い感情に支配されたとき、気持ちは、四方八方に飛び広がっていく。それを受け止めてくれるのが、賢治の場合「黒雲」だったり「かもめ」だったりしたのだろう。

303

われもまた
白樺となりねぢれたるうでをささげて
ひたいのらなん

鑑賞――堂園昌彦

賢治の歌の特徴のひとつとして、自然物や対象物に成り代わるという作り方がある。通常の歌人ならば、観察した対象物を描写することによって自己の感情を表そうとするのだが、賢治は対象物と同化して、そのものの感情を描こうとする。そこが、変わっている。

掲出歌も樹木に成り代わっている。私もまた、白樺（しらかば）の木となってねじれた腕を天に捧げてひたすらに祈ろう。植物に祈りの姿を見るのも特徴的だ。

また、先ほどの歌（３００）との対比で言うならば、ここにある上昇のベクトルも見逃せない。怒りが空から地面に叩きつける力ならば、祈りは、地面から天に捧げるような思いなのだ。そうすると、木々が立ち並ぶ山々は、重たい東北の空に対して祈りを捧げる群れ・塊として、賢治には見えていたのかもしれない。

309

わがために
待合室に灯をつけて
駅夫は問ひぬいづち行くやと

鑑賞――堂園昌彦

宮沢賢治で鉄道というと、なんとはなしに後年書かれた『銀河鉄道の夜』を彷彿させる。私のために待合室に灯りを点してくれて、駅員は「どこに行くのですか」と問うた。「わがために」とあるので、それまで客はいなかったのだろう。夜のなかに賢治ひとりが駅の待合室にたどり着いた。そこで、わざわざ駅員は賢治のために灯りをつけてくれたのだ。田舎の駅のしんとした光景が思い浮かぶ。

どこに行くのか、という問いはもちろん汽車の目的地のことだが、おそらく、二十歳の賢治にはそれ以上の意味に響いただろう。これからの人生で自分はどこへ行くのか、どうなっていくのか。そのとき、わざわざ灯りをつけてくれた駅員の気持ちが、賢治と読者の心に象徴的に残る。

ここで詠われている感情はまた、晩年まで推敲（すいこう）を繰り返した『銀河鉄道の夜』の中の「僕もうあんな大きな暗（やみ）の中だってこはくない。きっとみんなのほんたうのさいはひをさがしに行く。どこまでもどこまでも僕たち一緒に進んで行かう。」という言葉と響きあっていると思う。

くわくこうの
まねしてひとり行きたれば
ひとは恐れてみちを避けたり

鑑賞――堂園昌彦

かっこうの真似をしながらひとりで道を歩いていると、人々は私を怖がって避けていった。大正五（一九一六）年、二十歳の作。若い頃に人と違ったことや変わったことをしようとするのはよくあることだが、それが「くわくこう」の真似であることが面白い。なんでまた、そんなことをしようと思ったのだろう。

かっこうといえば、後に書かれた「セロ弾きのゴーシュ」に印象的なかっこうが出てくる。ゴーシュが音楽会に向けて特訓を始めた二晩目に訪れ、「ドレミファを正確にやりたいんです」とゴーシュにセロを弾くことをお願いする。しぶしぶ弾いてやるゴーシュだが、そのうちに、一生懸命に歌うかっこうの「ドレミファ」のほうが「ほんたうのドレミファ」なのではと思うようになる。つまり、このかっこうは話の中でゴーシュに音楽を教える役目を担っている。
そうした点を踏まえると、かっこうの真似をしている賢治は、何か芸術のようなことをやろうとしているのではと深読みをしたくなる。そこまで言わずとも、この歌には人と違ったことをする自分に対して、自嘲とともにひそかなプライドを覗かせているようなところがある。人びとが避ける自分をどこかで楽しんでいるような、そんな視線だ。

316

調馬師の
よごれて延びしももひきの
荒縞ばかりかなしきはなし

鑑賞――堂園昌彦

賢治の生まれ育った岩手県は伝統的に馬の名産地で、この歌を作っていた頃に住んでいた盛岡の近くでも、農耕馬や軍馬の飼育が盛んだった。農学校で飼育管理を学んでいたこともあり、「ゆがみうつり／馬のひとみにうるむかも／五月の丘にひらくる戸口」（232）や「一にぎり／草をはましめ／つくづくと／馬の機嫌をとりてけるかな」（294）のように、この時期の賢治の歌の素材にはしばしば馬が出てくる。

だが、この「調馬師」は初稿では「曲馬師」だった。サーカスで馬の曲芸をする人で、どちらかと言えば非日常のイメージだろう。その仕事着でもある「ももひき」は汚れて伸びてしまっている。元々、華やかであるはずのものが薄汚れてしまっているところに、賢治は悲しみを感じている。馬→人→ももひき→模様と、だんだん視線が細かくなっているのが面白い。

322

白樺の
かゞやく幹を剝ぎしかば
みどりの傷はうるほひ出でぬ

鑑賞——堂園昌彦

白樺の樹皮は白く美しく防水性も高いことから、昔から籠などの木工細工や、屋根を葺くのに使われた。その他、樹液を採る際にも幹を剝ぐことがある。もし、白樺の輝く幹を剝いだならば、緑色の傷が湿りながら現れ出るだろう。白と緑の対比が鮮やかな歌である。また、「傷」という言葉から人体を連想し、どこか痛々しい感じや官能的な感じが出てくる。そうすれば、そこに緑の補色である傷の赤のイメージが重なる。

前述の「われもまた／白樺となりねぢれたるうでをささげて／ひたいのらなん」（３０３）という歌と合わせて考えると、白樺と自身を重ねあわせている読みもできる。白樺の幹は一度剝ぐと再生せず、その箇所は緑色ではなくなり、だんだんとごつごつとした黒っぽい肌になっていく。

賢治自身を含む若者一般の傷つきやすさとその成長を暗示しているのかもしれない。

324

青ガラス
のぞけばさても
六月の
実験室のさびしかりけり

鑑賞——堂園昌彦

作家、宮沢賢治には農学者・科学者としての側面もある。この「青ガラス」は、元素の炎色反応を見るときに使われるコバルトガラスだ。不純物であるナトリウムの炎色反応の光を吸収し、より純粋に対象元素の反応を見るために使用される。この歌の詠まれた大正五（一九一六）年、宮沢賢治は盛岡高等農林学校に通学し農学科第二部で農芸化学を学んでいたので、こうした実験もしばしば行っていたようだ。

そのコバルトガラスを通して戯れに六月の実験室を見回してみれば、つくづく寂しい光景だ。「青ガラス／のぞけばさても」は、青ガラスを通して炎色反応を見ているとも取れるが、ここでは実験室のほうに視線を向けていると解釈したい。見慣れたはずの実験室も、視界に青いフィルターがかかり、不思議で寂しい景色に見えてくる。

ただ、賢治がこの実験室にどこか安息を見出しているのも確かだ。六月は雨が多いが、草木が茂っていく季節でもある。その中にあるしんとした実験室。寂しくて落ち着く場所だ。

325

あをあをと
なやめる室にたゞひとり
加里のほのほの白み燃えたる

先の作品の次の歌。ここでは実際に炎色反応の実験を行っている。先の歌の続きなのか、部屋は「あをあを」としている。この「あをあを」がコバルトガラスの青色なのは、この歌の異稿が「コバルトのなやみよどめる／その底に／加里の火／ひとつ／白み燃えたる」（325a326）であることからも確かだろう。

「加里」はカリウムで、コバルトガラスを通すと淡い紫色の炎が見える。しかし、カリウムの炎色反応はしばしばナトリウムと混ざりやすく、肉眼で見ると白っぽいピンク色になる。「加里のほのほの白み燃えたる」は、コバルトガラスを通さずに見たカリウムの炎色反応なので、少し違和感のある表現だ。しかし、この歌では「たゞひとり」から視線が俯瞰的になっており、写生を定点観測で行う近代短歌のセオリーから賢治の歌が少しはみ出ていることを見てもいいかもしれない。

先に挙げた「くわくこうの／まねしてひとり行きたれば／ひとは恐れてみちを避けたり」（312）のように、この時期の賢治の短歌には「ひとり」の歌が多い。しかし、心を投影しているであろう「なやめる室」に燃える「加里」の白い炎は、強く確かな存在感を放っている。

327

青山の裾めぐり来て見かへれば
はるかにしろく
波だてる草

鑑賞——堂園昌彦

青い山の裾野を巡って来てふと振り返ると、はるか遠くに草々が白く波立っている。賢治がよく山を歩いていたのは有名だが、この歌でもひとりきりで野山を歩いていた時間の長さがはっきりとは言われないまでも含まれている。それが歌の景色を広げていると思う。

また、「見かへれば」で歌の中の景色が一瞬で変わり、劇的な効果を見せている。その際、青から白へというふうに歌の中の色彩がパッと変化していることも見逃せない。読んできてわかったのだが、賢治の歌には色の対比を狙った歌がとても多い。そういえば、前述の「あをあをと／なやめる室にたゞひとり／加里のほのほの白み燃えたる」(325)にも、青と白の対比があった。自然観察を通して自分の心情を表そうというより、草自体が生きているような感覚がある。単なる自然観察からはみ出ているところが、賢治らしい。

337

この丘の
いかりはわれも知りたれど
さあらぬさまに　草穂つみ行く

鑑賞——堂園昌彦

この歌の関連作としては、初期の短編「沼森」がある。語り手が夕暮れの山野を帰ろうとしているときに、なぜか「沼森」という丘から睨（にら）まれている感じがする。語り手は沼森に向かって「なぜさうこっちをにらむのだ、うしろから。／何も悪いことしないぢゃないか。まだにらむのか、勝手にしろ。」と言う。そして、短歌作品とほとんど同じ「柏はざらざら雲の波、早くも黄びかりうすあかり、その丘のいかりはわれも知りたれど、さあらぬさまに草むしり行く、もう夕方だ、」という文が続く。あらすじとしてはこれくらいの、とても短い作品だ。

「石英安山岩(デーサイト)」「泥炭」などの言葉を使いながら丘の風景を描写する、賢治の地学的な興味が出た短編だが、いずれにしても「丘の／いかり」が興味深い。丘に対して人格を認め、自然物が自律的に生きる様を捉えている。しかも、丘の怒りに同化するのではなく、丘は丘、自分は自分とでも言うように主体は「草穂つみ行く」のだ。詠まれる対象と自分を同化させずに並列的に置く視線は短歌では珍しく、賢治の短歌の特異なところとなっている。

346

この坂は霧のなかより
おほいなる
舌のごとくにあらはれにけり

この作品は、賢治が大正五（一九一六）年、盛岡高等農林学校の夏季休暇に上京したときの歌で、神田の坂を詠んだものである。坂が霧の中から突然現れ出た様子を「おほいなる／舌」のようだと喩（たと）えている。

前出の337の歌と共通するところは、やはり人間以外のものに人格を見ている点だ。街自体を生き物のように捉え、坂をその舌のように感じている。空想といえば空想だが、337の歌で丘の怒りを読み取っていたように、街自体の持つある種の肉体性のようなものを賢治は感じ取っている。

このように本来の主体とは異なる自律したものたちを擬人化して詠むことは、短歌の歴史の中では珍しい。短歌の「写生」では、自己の内面を対象物に投影したり、ものの観察を通して自己の状態を表すのが主流だ。しかし、賢治の短歌では事物は事物自身で自我を持ち、それは主体とは関わりがなく動いていく。

賢治はそこに人間世界のルールとは異なる、秩序のようなものを感じていたのだろう。後年になって賢治は、より大きな世界観を獲得していくが、その萌芽とも言えるものがこうした初期の短歌にも表れている。

それはそれとして、坂が舌のように現れるという把握はシンプルに面白い。まるで妖怪が出てきたみたいだ。

364

かくてまた
冬となるべきよるのそら
漂ふ霧に　ふれる月光

鑑賞——堂園昌彦

この歌が詠まれた時期は、おそらく大正五年九月ごろ。少しずつ冬に向かっていく夜に霧が漂い、そこに月光が射す。そんなロマンチックな風景が詠われている。

先の二首（337、346）を読んだ流れでいけば、この歌では「べき」を重く読みたい。ただなんとなく冬になるのではなく、「かくてまた／冬となるべき」とある種の必然性を持って冬に移り変わっていく。そこに世界の秩序のようなものを読み取っている。

歌稿では次に「夜の底に／霧たゞなびき／燐光の／夢のかなたにのぼりし火星」（365）とい

う歌が並んでいる。どちらの歌も夜の中で霧が漂い、そこに光が浮かぶ。ぼんやりとした夢のような景色の中で感受性が鋭くなるのは、賢治好みの風景なのだと思う。
３４６の歌もそうだが、宮沢賢治の作品にはよく霧が出てくる。賢治にとって霧は世界が切り変わる転換点なのだろう。

366

あけがたの食堂の窓
そらしろく
はるかに行ける鳥のむれあり

鑑賞——堂園昌彦

宮沢賢治が当時住んでいた盛岡高等農林学校の寄宿舎の窓から見た光景だろうか。明け方の窓を見ると、空は曇っていて白く、遥か遠くに渡り鳥の群れが飛んでいくのが見える。

この歌に続いて「淀みたる夜明の窓を／無雑作に過ぐる鳥あり／冬ちかみかも」（367）、「さだめなく／鳥はよぎりぬ／うたがひの／鳥はよぎりぬ／あけがたの窓」（368）がある。おそらく、同じ時に連続して詠まれたものだろう。

367の歌に「淀みたる夜明の窓」とあるので、明け方の白い空を見ている賢治の胸には、どこか不安な心情がありそうだ。また、368の歌の「うたがひの鳥」という表現も同じことを感じさせる。翻って366の歌に返ると、やはり、食堂という狭いところから見上げた鳥の自由さが受け取れる。

宮沢賢治の作品には鳥がよく登場するが、代表的なものでは「よだかの星」のよだかだろうか。あのよだかも、〈いまここ〉を嫌がりどこまでも空を昇っていき、最後には星のところまでたどり着いた。

370

雲ひくき峠越ゆれば
（いもうとのつめたきなきがほ）
丘と野原と

鑑賞——堂園昌彦

雲が低く垂れこめている峠を越えれば、妹の冷たい泣き顔が思い出され、そして丘と野原が見えた。

この歌は同じ時期に盛岡高等農林学校「校友会々報」第三十三号で発表されたバージョンでは、「雲ひくき、峠越ゆれば、いもうとの、泣顔（なきがほ）に似し丘と野原（のはら）と。」となっており、丘や野原が妹の泣き顔に似ている、と述べている。次の歌に「草の穂は／みちにかぶさりわが靴は／つめたき露にみたされにけり」（371）とあるので、この「丘と野原」は露に濡（ぬ）れていたのだろう。それが、妹の泣いている顔のイメージと重なったのだ。

賢治は二つ下の妹トシととても仲が良く、後に彼女が結核で亡くなった時には「信仰を一つにするたつたひとりのみちづれ」（「無声慟哭」）と言った。先の「この丘の／いかりはわれも知りたれど／さあらぬさまに　草穂つみ行く」（337）の項でも述べたように、賢治と自然との関係は独特で、親しみがありながらも同化できない存在として描かれている。最愛の妹が冷たく泣いている姿を丘や野原に重ねることは、そうした賢治の姿勢が表れていると言えるだろう。

372

あけがたの
皿の醤油にうつり来て
黒き桜の梢顫へり

鑑賞――堂園昌彦

明け方、皿の醤油（しょうゆ）に映って来て、その反射した醤油の中で黒い色の桜の梢（こずえ）は震えていた。

この歌も３６６と同じように明け方の歌だ。ここで詠まれているのは十月の桜なので花は咲いていないが、「桜」という言葉の中にはあのピンク色の花のイメージが内包されている。その桜が醤油の中で黒い色になっている。先にも述べたように賢治の歌には色彩を対比的・補色的に扱うことでイメージを強化する技法が頻繁に使われる。この歌でも、ピンク色と黒色の対比を狙っているのかもしれない。

また、「うつり来て」の「来て」にも注目したい。ここに時間の経過がある。明け方の時間にじっとしていたら、太陽がだんだんと上がってきて、はじめは映っていなかった醤油の皿に桜が映り込んだのだ。その新鮮な感動が「顫(ふる)へり」にはある。

そして、直接ではなくあくまで反射した桜を見ているのが面白い。明け方という特別な時間に、反射された黒い世界の中で微細なものを感受している賢治がいる。

380

何もかも
やめてしまへと半月の空にどなれば
落ちきたる霧

鑑賞――堂園昌彦

「何もかもやめてしまえ」と半月がかかっている夜空に叫べば、あたりに霧が落ちてきた。

先ほど取り上げた「この坂は霧のなかより／おほいなる／舌のごとくにあらはれにけり」（346）や「かくてまた／冬となるべきよるのそら／漂ふ霧に　ふれる月光」（364）でも、非日常の契機として霧が登場する。この時期の賢治の歌には日常における鬱屈した気持ちと、非日常への憧れが繰り返し詠まれているが、掲出歌でも怒りと霧が同時に現れる。霧はあたりを包むものであり、一時的に不思議な雰囲気になるとしても、場所自体は変化しない。この時期の賢治は盛岡高等農林学校に寮から通う学生だった。それほど不自由に暮らしていた様子はないが、それでも自立した大人に比べれば行動は制限されていただろう。若者特有の広い世界に出て行きたいという気持ちもあったかもしれない。
次の歌は「つきしろに／うかびいでたる薄霧を／むしやくしやしつゝ／過ぎ行きにけり」（381）だ。霧が落ちてもむしゃくしゃは止まらないのである。

384

こざかしく
しかもあてなきけだものの
尾をおもひつゝ、
草穂わけ行く

鑑賞――堂園昌彦

この歌は「校友会々報」三十三号（大正六年）では「あてもなき、けだものに似る、草の穂の、黄なるをふめば、こゝろわびしむ。」となっている。秋の時期に詠まれており「黄なる」とあるので、「草穂」はススキのような植物だろう。それが、けだものの尾を連想させたのだ。明確な動物は示されていないが、なんとなく狐をイメージさせる。

賢治は、「雲ひくき峠越ゆれば／（いもうとのつめたきなきがほ）／丘と野原と」（370）で、露に濡れている丘や野原から妹の泣き顔を連想していた。賢治の作品ではしばしば動物が擬人化され、自然界と人間と動物が混ざり合う独特の世界が表現される。こうした発想の源となっているのは、これらの短歌に見られるような自然―人間―動物をつなげていく連想イメージなのだろう。

391

「青空の脚」といふもの
ふと過ぎたり
かなしからずや　青ぞらの脚

「青空の脚」が不思議な表現だ。この歌の異稿としては、「「青ぞらの脚」といふもの／ひらめきて／監獄馬車の／窓を過ぎたり」や、「校友会々報」三十三号に掲載された「「大空(おほぞら)の脚(あし)。」と、いふことを、ふと気付く。かなしからずや、大空の脚。」などがある。また、一首前には「松並木／監獄馬車の窓にして／しばしばかつと／あかるむうつろ」（390a391）という歌もみられる。これらを見ると、監獄馬車の窓に時々明るい青空がよぎる光景が浮かぶ。

「監獄馬車」は、囚人を移送する馬車だ。賢治が実際に監獄馬車を見たことがあるかは不明だが（映画かなにかで見たのかもしれない）、馬車のような乗り物から外を見た景色がこの歌のきっかけとなっているのは間違いないと思う。監獄馬車なのでそれほど広い窓ではなく、外の景色が一部しか見えない。当然、空も全面に見えるのではなく、下のほうの一部分しか見えず、それを「青空の脚」と呼んでみたのではないか。私には、どうもそんなふうに思える。

大きなものの一部分だけがふと見え、それを擬人的に「青空の脚」と呼んでみる。すると、なぜかかなしい気持ちが湧く。それはなんとなくわかる気がする。

405

ある星は
そらの微塵のたゞなかに
ものを思はずひためぐり行く

鑑賞――梶原さい子

始め、「微塵（みじん）」とは、星々のことかと考えた。漆黒の宇宙にけぶるように輝く星々の中を、「ある星」がめぐるのだと。

しかし、この歌から一年後に書かれた「柳沢」という短編には、午前二時半の空の様子が、「空の鋼は奇麗に拭（ぬぐ）はれ気圏の淵（ふち）は青黝（あをぐろ）ぐろと澄みわたり一つの微塵（みぢん）も置いてない。／いっぱいの星がべつべつに瞬いてゐる。」とあり、「微塵」と「星」は別物と見なされていたことがわかる。「微塵」とはそもそも、非常に細かいものを指す仏教用語で、賢治に多大なる影響を与えた「妙法蓮華経」にも散見される。であるならば、ここで「微塵」とは、そらに満ちる気配を指すのだろう。また、この言葉は科学的にも興味深い。そら（空・宙）という空間にあるものを、粒子様（りゅうしよう）

だと捉えているからだ。宗教と科学。賢治を読み解くための二つのキーワードが同居する歌である。

一方、「ものを思はずひためぐり行く」の在り方には、デクノボーの姿が重なってくる。摂理どおりに淡々と営みをこなす星への心寄せがある。「ある星」はあくまで「ある星」でありながら、どこか、賢治自身の未来の理想と通じている。

407

なまこ雲
ひとむらの星
西ぞらの微光より来る馬のあし音

「なまこ雲」とは、なまこの形をした、横たわるような雲だろう。空の一方にはそれがあり、また、ひとかたまりの星があり、西の空には微光が見える。「雲」→「星」→「微光」と順々に提示することで、空の様子がパノラマ写真のごとくに捉えられてゆく。そして、「西ぞらの微光」ということは、陽(ひ)は落ちきり、あたりは暗くなる寸前だということだ。と、そこから読み返せば、がぜん、「なまこ雲」、「ひとむらの星」の存在感が増してくる。「なまこ雲」はその淀(よど)んだ量感が、「ひとむらの星」は、粒立った輝きが強調されてくる。

そうして、「馬のあし音」が聞こえてくるという展開だ。「馬」とは、秋の星座、ペガスス座のことかとも思ったが、星座であれば、東から昇ってこよう。あるいは、「馬」は天からの使いか。「微光より来る」の「より」という限定が、歌をぐっと引き締めている。実際の馬が、この時たまたまやってきたという解釈もあるだろうが。

いずれ、馬は「あし音」のみで、実体はない。予感を孕(はら)ませて歌は終わる。

409

オリオンは
西に移りてさかだちし
ほのぼののぼるまだきのいのり

鑑賞――梶原さい子

冬の星座の代表格であるオリオン座。宵に東からのぼり、南中し、西に沈んでいくので、「西に移りて」とは朝が近いということだ。が、「さかだち」までするだろうか、横たわるほどにはなるかもしれないが、と考えてみたとき、賢治には地平線下の星座の姿もイメージされていたことがわかる。

と、同時に、「まだきのいのり」がほのぼのとのぼってくる。「まだき」とは「早くも」という意味だが、ここでは副詞的に用いられておらず、「朝まだき」と同義の「早朝」という意味で使われているようだ。「いのり」がのぼるというのは不思議な表現だが、明けてゆく東の空の美しさを「いのり」のようだと感じたのか。または、賢治の心にいのる気持ちが自ずと浮き上がってきたとも取れる。「いのり」「いのる」という語彙は、賢治の短歌において十六首に見られるが、うち十二首が、この大正五（一九一六）年のものだ。この頃の賢治の気に入りの言葉だったわけだ。

　三行目のひらがな書きがやわらかく拙く素朴で、「いのり」の真性を掬（すく）い上げているようだ。

415

「何（なん）の用（よ）だ。」

「酒（さげ）の伝票。」

「誰（だれ）だ。名は。」

「高橋茂吉（ぎづ）。」

「よし。少（びや）こ、待で。」

鑑賞――梶原さい子

方言の会話体。五行分かち書きが、そのまま会話の運びとなっている。「高橋茂吉（たかはしもきち）」は盛岡中学時代の寮の同級生だそうだ。状況は確定できないが、寮で、部屋の戸を挟んで会話しているように思える。中学時代に高橋がお使いに行ってくれたときの回想という可能性もある。あるいは、この歌が詠まれた高等農林時代、高橋は酒屋で働いていて、寮まで伝票を持ってきたという可能性もある。なぜ、わざわざこの場面を切り取ったのかと考える。たまたま短い会話が五七五七七になってしまった面白さというのが一つあるだろう。また、「何（なん）の用（よ）だ。」、「誰（だれ）だ。名は。」あたりからは、警戒心もうかがえるので、秘密の集まりでももっていたか。とにかく、何かが、印象的だったのだろう。

ちなみに、歌稿Aでは、結句は「よしきたり。待で」だ。「少（ぴや）こ（少し）」がアクセントとなっている本文のほうが断然良い。私の住む宮城県北部でも「べっこ」に近い発音だがこの言葉を使う。「永訣（えいけつ）の朝」の「あめゆじゆとてちてけんじや」や「Ora Orade Shitori egumo」等の方言表記の効果を思うとき、この、方言に近づけるためのルビの存在意義はとても大きい。

417

黄葉落ちて
象牙細工の白樺は
まひるの月をいたゞけるかな

鑑賞——梶原さい子

端整で繊細な一首。葉が落ちた白樺を「象牙細工の白樺」という隠喩の手法で表している。葉がなくなると樹皮の白さが際立ち、植物というより、作られた美術作品のような雰囲気を持ち始める。そこを言ったのだ。

そんな白樺が「まひるの月」を頭上高くに位置させている。白樺は、複数とも取れるし、一本だけを詠ったものとも取れるが、ここで考えたいのは、視線の出発点だ。遠景より、一枚の絵のように平面的に眺めているのか、または、白樺の根元から舐（な）め上げるように月を見ているのか。どちらもありだと思う。

そして、色の対比だが、もう無いはずの黄葉の「黄」が強く働いていてしまっていて、まひるの月、象牙・白樺の「白」を凌駕（りょうが）している印象がある。「黄葉」は「もみぢ」と読ませるのか。「くわうえふ（こうよう）」か「わうえふ（おうよう）」か「きば」か。読者としては初句のリズムが定まらないもどかしさを感じる。とは言えど、読み出せばおのずと、北国の秋から冬にかけての独特の透明感がばあっと甘受されてくる。

424

流れ入る雪のあかりに
溶くるなり
夜汽車をこめし苹果の蒸気

鑑賞――梶原さい子

夜を走る蒸気機関車の中に充満していた苹果（りんご）の匂いが、雪あかりに溶けた。「流れ入る」なので、誰かが窓を開けたか。中はスチームで暖かかっただろうから、ぼんやりした空気を雪あかりの新鮮さが引き締めたのは確かだろう。「こめし」ものが「溶くる」に、今、なったのだ。「蒸気」だが、童話「氷と後光」に、「苹果のにほひは室(へや)いっぱいでした。その匂(にほひ)は、けれども、あちこちの網棚の上のほんたうの苹果から出てゐたのです。実に苹果の蒸気が室いっぱいでした。」とあるので、ほとんど「匂」とイコールと捉えていい。ただ、今の私たちは苹果からガスが出ていることを知っているが、賢治の時代はどうだったのだろう。

汽車と苹果の取り合わせと言えば、「青森挽歌(ばんか)」の「きしやは銀河系の玲瓏(れいろう)レンズ／巨(おほ)きな水素のりんごのなかをかけてゐる」が思い出されるが、この歌の蒸気が溶けて世界に拡散し、水素のりんごを形づくったのかも、などと考えると楽しい。

形としては出てこない苹果の「赤」が、雪の白の中にほんのりと感じられる。

430

なにげなく
窓を見やれば
一（ひと）もとのひのきみだれゐて
いとゞ恐ろし

鑑賞――梶原さい子

〔ひのきの歌〕という連作二十一首の冒頭歌。この連作は一本のひのきの観察記録でもあるが、面白いのはその観察が「窓」という枠中で行われていること。窓からひのきが強風でたわむのが見え、恐ろしく感じられたのだ。「みだれゐて」からは、そこに見入った時間、つまり、心の留まりがあることがわかる。字余りにしてまでも「ゐ」の分の時間を入れたかった。連作を始める動機となりうる重要な一文字だ。

　わかりやすい歌だが、一か所謎がある。それは「いとゞ」。ますますという意味のこの語は、冒頭歌でありながら、これ以前にあった「恐ろし」さの存在を示す。初出である、賢治が盛岡高等農林の仲間とともに創った文芸同人誌「アザリア」第一号（大正六〈一九一七〉年）には、「アルゴンの、かゞやくそらに　悪（わる）ひのき／みだれみだれていとゞ恐ろし」とあった。つまり、「いとゞ」とは、元々、そらの不気味さを受けた言葉だった。それが、改作の後にも残ってしまったのだ。しかし、これはこれで、いくらかの奥行を歌にもたらしていよう。
　岩手大学農学部のキャンパスには今も、この「ひのき」と思われる木が立つ。かつて寮があった場所の目の前にある。

450

やまなみの
雪融（げ）の藍にひかり湧きて
とざすこゝろにひるがへり来る

鑑賞――梶原さい子

冬の間には白かった山々が、春になり「雪融」を迎えると、本来の色を見せ始める。その藍の色にひかりが湧く瞬間があったのだ。「ひかり湧き」とは、たとえば、朝日が当たる、あるいは、雲間から日が差して輝く、と取ればいいだろうか。いずれ、自然はずっと同じ状態ではいない。だからこそ、そのひとときの貴重さに目は奪われる。そして、往々にして、何か励まされる思いになる。

三行目の「とざすこゝろにひるがへり来る」を考えてみたい。今、閉ざしているこころに、ひらひらと踊るように飛んで、働きかけてくるものがある。まるで、ノックするように。それは、やまなみのひかりの反射だ。遠くのやまなみのひかりそのものだ。このとき、「やまなみ」と「こゝろ」との距離は、ほぼ無となる。ひかりがダイレクトにこころへと届くダイナミズムが、この歌の魅力だ。

一方、農の始まりの時期を、山の雪の融(と)け方ではかるという風習がある。北国の農の始まりへの寿歌(ほぎうた)。そう読みたい気もする。

489

七つ森
青鉛筆を投げやれば
にはかに
機嫌を直してわらへり

鑑賞——梶原さい子

まず、一行目。「七つ森が」だろうか、「七つ森に」だろうか。つまり、投げやる主体、わらう主体を、確定しきれない歌なのだ。ここでは「七つ森に」として話を進める。

「七つ森」は盛岡の西、田沢湖線小岩井駅の近くにある。ぽこぽこ並ぶ七つの山で、賢治作品にたびたび登場する。なぜ、機嫌が悪かったのか。七つ森を機嫌の悪いものとして描くことは、この歌の発表された大正六（一九一七）年前後に集中している。明治末の立木の伐採で禿（は）げ山だったところに、大正五年から植林が始まったが、生育はよくなかったらしい。「豆いろの坊主となりて七つ森／いまは夕陽のそこにしづめり」（536）という歌もある。これが機嫌悪さの原因の一つだろうか。とすれば、「機嫌を直し」たのは、当時まだ貴重な色鉛筆をくれたからという単純なことではなく、「青」——木の、草の、命の色を与え、生命力を蘇らせようとした、その行為の象徴性によるのではないか。

初出の「校友会々報」第三十四号では「青鉛筆を　さゝぐれば」になっている。捧げる気持ちがあった。「投げやれば」によって、より鮮やかな、七つ森との交わりのシーンが立ち上がった。

496

夕ひ降る
高洞山のやけ痕を
誰かひそかに
哂ふものあり

捉えにくい歌だ。やけ痕を「嗤ふ」者が誰かわからない。なぜ嗤うのか、どこから嗤っているのかわからない。

いや、一番の捉えにくさは「嗤ふ」自体のニュアンスにある。「嗤ふ」は、対象をあざける含み笑いと、微笑みの両端の意味を持つ。後の賢治の童話でも、「『今度は親方も、とても敵ふまい。』私はひとりで嗤ひました。」（「毒蛾」）もあれば、「その唇は微かに嗤ひまっすぐにまっすぐに翔けてゐました。」（「インドラの網」）という用い方もある。

そこで、初出の「校友会々報」第三十四号（大正六年七月）を見ると、「紅き陽の　高洞山の　焼痕を　あたまの奥にて　嗤ふものあり。」、明確なあざけりの「嗤ふ」という字が使われていた。それを改めた、そのことを大切に思いたい。わらいは微笑みへと昇華したのか。それとも、よりいやらしい陰にこもったものになったのか。また、始め、別人格のようにしてあたまの奥にいた「誰か」を、解き放ったことも大切にしたい。

高洞山は盛岡の東北にある山。陽の沈む方角にはないが、夕暮れ、やけ痕には、紅い光が目立って見えたのだろう。

498

口笛に
応ふるをやめ
鳥はいま
葉をひるがへす木立に入りぬ

鑑賞——梶原さい子

人と鳥との交感の時間の終わりが描かれている。「葉をひるがへす木立」は、人の行けない領分だ。閉ざされる扉だ。

各句は、ほぼ、K音・T音で始まり、M音・N音に着地する（例えば「口笛に」は「く」で始まり「に」で終わる）。硬質さから柔らかさへの繰り返し、この強弱のリズムは、異類との断絶に揺れる気持ちを表すと同時に、「葉をひるがへす木立」のうねりの体現のようにも感じられた。その四句目だけがこの構造に当てはまらず、韻律の上でのアクセントになっている。

これは、「簗川（やながわ）」という連作六首の中の冒頭歌だが、四番目には、「口笛に　こたふる鳥も去りしかば／いざ行かんとて／なほさびしみつ」（501）という歌があり、名残を惜しむ気持ちが詠まれている。そして、この心境は、いずれ、詩「小岩井農場」の、「いまこそおれはさびしくない／たつたひとりで生きて行く（中略）ちからいつぱい口笛を吹け」の世界に、進んでいったような気がする。

賢治自身も、野山を歩くのが好きで、そこで、しばしば口笛を吹いたそうだ。

506

中津川河藻はな咲きさすらひの
しろきこゝろを夏は来にけり

鑑賞――梶原さい子

夏は来にけり――夏が来たことへの感慨が、古典的な型を踏まえて、情趣たっぷりに詠われている。

中津川は盛岡市内を流れる川だが、賢治はこの歌を作る少し前、盛岡高等農林の寮を出て、弟・清六らと一緒に川のほとりの下宿に入った。清六の「兄賢治の生涯」(『兄のトランク』)という文章には「中津川には透きとおった水が流れ、川の中には沢山の金魚藻があってそれに一めん白い花が咲いていた」とある。「しろきこゝろ」の「しろき」は、花の色からの連想でもある。そして、無論、新しい季節、新しい生活へのときめきでもある。

とすれば、「さすらひの」の示すものは、水にたゆたう藻の姿であり、ゆく川そのものであり、また、若き作者の未来への自負でもある。より自在な暮らしへと踏み出した己を、「さすらひ」という小意気な言葉で表したのだ。

そして、「を」。この使い方が面白い。詠嘆の間投助詞かとも思うが、「～を通って」という経過地を示す格助詞だと取ると、夏は「こゝろ」を通って来たことになる。「さすらひのしろきこゝろ」の中を。

512

雲みだれ
薄明穹も落ちんとて
毒ヶ森よりあやしき声あり

鑑賞――梶原さい子

「薄明穹（はくめいきゅう）」とは日の出前・日没後のほのかに明るい空のこと。賢治短歌に何度か登場する言葉だ。雲はみだれ、空は落ちようとしているという荒々しい景色が詠まれているが、「落ちん」については、〔薄明穹まったく落ちて燐光の雁もはるかの西にうつりぬ〕（762）という使われ方があり、この場合は落ちるというより、空の様子ががらっと移り変わるというニュアンスで使われている。それを踏まえながらも、掲出歌については、「みだれ」、「毒」、「あやしき」という語と響き合って、より危機的な雰囲気を作り出すものとして働いていると感じられる。

さて、「毒ヶ森」。これは盛岡の南西にある山で、物語を作り出すにはもってこいの名前だ。そこから「あやしき声」がするのだが、毒ヶ森には青龍がいて、それが毒を吹いて雲を起こし、雨を降らせたという伝説があるらしい。となれば、「声」は龍の声だろう。が、歌の読み方としては、人間の声でも、何か別の存在の声でもかまわない。

雰囲気が終始一貫していて、そういう意味では素直な歌である。

515

くれちかき
ブンゼン燈をはなるれば
つめくさのはな
月いろにして

鑑賞——梶原さい子

大正期の理系短歌。「ブンゼン燈」はガスバーナー、実験器具である。賢治は当時、盛岡高等農林学校の三年生。歌意は、「室内に籠もって実験をしていたが、気付けば暮れ方になっていたので窓辺に行くと、野外のつめくさのはなが月いろに光って見えた」ということだろう。「〜ば〜にして」は驚きある発見の構文であり、実験に没頭していた時間があったからこそ、下句が生きてくる。研究者の短歌の魁（さきがけ）ともいうべき作品で、その観点からも興味深い。

「つめくさのはな」と言えば、童話『ポラーノの広場』が思い出される。「『おや、つめくさのあかりがついたよ。』ファゼーロが叫びました。なるほど向ふの黒い草むらのなかに小さな円いぼんぼりのやうな白いつめくさの花があっちにもこっちにもならび（後略）」。つめくさの白さは、夕刻の暗さの中で印象的だったろう。この短歌の着想が、後に童話の中で大きな意味を持つ情景となった。

すべての行がウ段の音（u音）で始まっていて、韻律の上でも、明るすぎない、落ち着いたトーンを醸し出している。

522

しらしらと
銀河わたれるかしはばら
火をもて行けど
馬も馳せ来ず

鑑賞――梶原さい子

連作「夜の柏ばら　六首」の第一首目。上句は、柏の林の上に銀河が横たわる情景で、「しらしらと」は、この語の有する「白い」、「はっきり」という二つの意味を合わせたような調子で取っておきたい。『銀河鉄道の夜』にも、「天の川がしらしらと南から北へ亙ってゐるのが見え、」とある。

下句は、「火を持って行ったけれど、馬も走って来ない」という歌意だ。そうすると、この馬は、連れて行った馬ではなく、別の馬――野馬、野飼いの馬ということになる。しかし、火を見て近付いてくるものだろうか、と疑問を持ちながら読み進めると、この後にある「まひるのかし

はばら　三首」という連作中の「かゞやきて／やなぎの花のとぶすその／のうまわれらをしたひつゞけり」（531）という歌に気付く。この馴染みの野馬が来ることを、どこかで期待していたのではなかったか。

もう一つ、思い切った読みとして、柏の林が銀河の上を、葉をしゃらしゃら鳴らしながら渡っていくというのはどうだろう。賢治作品の自在さを思うと、こちらもありかもしれない。

557

夜明げには
まだ間あるのに
下のはし
ちゃんがちゃがうまこ見さ出はたひと

鑑賞――梶原さい子

「ちゃんがちゃがうまこ」は、盛岡周辺の伝統行事「チャグチャグ馬コ」のこと。馬は鳴輪(なりわ)や鈴をいっぱい付けて着飾っているので、動くと「ちゃぐちゃぐ」と音がする。この歌は四首連作の一首目で、見物のため下(しも)の橋付近に出たところ、既に人がたくさんいたという驚きを詠んでいる。時は旧暦の五月五日、夏至近くの明けの早い時間。なのに、人々の集まりはそれより早かった。下の橋近くに越してきて間もない賢治には、この場所での見物に新鮮な興奮があっただろう。

方言歌だ。「出はる」は私もよく使うが、「わざわざ出る」というニュアンスを持つように思う。また、「ちゃんがちゃが」は、「チャグチャグ」を厳密に、実際の訛(なま)りに近く表記したもの。郷土の行事が題材なので意識的に方言を選択したというよりは、「ちゃんがちゃが」という本人にとって自然な表し方のトーンに、他の語句も引っ張られたのではないか。

連作三首目には「いしょけめに／ちゃがちゃがうまこはせでげば／夜明げの為が／泣くだぁいよな気もす」（539）がある。心動かされている。

541

よるのそら
ふとあらはれて
かなしきは
とこやのみせのだんだらの棒

鑑賞――梶原さい子

解釈は大きく分けて二つある。一つは「よるのそら」で切る読み方。つまり、まず「よるのそら」があり、視線を移すと、床屋の店先の回る看板に行き合ったというものだ。もう一つは「よるのそら」の中に棒が見えるという解釈。すると棒は、空や雲の模様、もしくは、幻視ということになる。「棒」――この言い方、身も蓋もないのがいい。確かに、あの赤と青と白のくるくる回るものを何と言い表したらよいか。一首の中で結句の「棒」だけが漢字で、すべてがここに集約される造りになっている。

実は類想歌は既にあった。「こは雲の縞ならなくに／正銘の／よるのうつろのひかるだんだら」（３９８）。これを見ると、空の模様説が有力だ。だが、看板説も捨て難い。唐突に「棒」に出くわす感じがたまらない。

が、どのみち、これは、同人誌「アザリア」第一号（大正六年）の合評会で盛り上がり、仲間達と夜中、秋田方面に向かって朝まで歩いたときの歌なので、昂（たかぶ）りの心で見つめた景色に違いない。だから「かなしき」なのだ。特別な一夜の記憶なのである。

５７０

あかつきの
峠の霧にほそぼそと
青きトマトのにほひながるる

鑑賞――梶原さい子

明け方の峠に霧が立ちこめる。そこに「青きトマトのにほひ」が流れてくる。注意すべきは「青き」。これは色そのものを表してはいない。まだ、世間は明るくなりきっていない。しかも、霧でトマトの色は見えない。だから、「青き」は「にほひ」に係る。青臭い、未熟な匂いがするのだ。視界が利かない分、嗅覚が鋭く働くという構図だ。

しかも、トマトは葉や茎がよく匂う。青き実だけでなく、トマト全体が匂いを発していると捉えた方が、作者の感覚に近づける気がする。しかし、見えないはずの「青き」実のイメージは鮮やかに見え続けている。そんな歌である。

当時、トマトは一般家庭の食卓にはのぼっていなかったが、その栽培は拡がりつつあったらしい。賢治は高等農林かどこかでトマトに出会い、その「にほひ」を知っていたのだ。

さわやかですがすがしい歌だが、単純にそう受け取ってよいかという迷いもある。トマトは痩せた地に根付く植物。東北はたびたび凶作に見舞われてきた。霧の中にトマトの匂いを嗅ぎ出す鋭敏さを、より切実なものとして読んだ方がよいか。どうだろう。

580

うつろより
降り来る青き阿片光
百合のにほひは
波だちにつゝ

鑑賞――土岐友浩

初出は賢治が盛岡高等農林学校の有志と発行した同人雑誌「アザリア」の第三号（大正六年十月発行）。そこから多少、推敲の手が加えられている。「うつろ」は、ここでは虚空の意味だろう。うっすらと差す光の様子を「阿片光（あへんこう）」と形容した。他の歌にも「青阿片光」の語があり、いずれも賢治の造語と思われる。阿片は痛みをとるものだが、どこか無機質で、冷え冷えとした印象をもたらす言葉である。

降りかかる光、ただよう匂い。ここに詠まれているのはそれだけで、「百合（ゆり）のにほひ」はあっても、百合の花はない。つまり、実はこの歌には、目に見える物体は何ひとつ描かれていないのだ。阿片や百合の花のイメージが、ふと読者の脳裡をよぎっては、幻のように消えていく。
花の匂いが「波だつ」というユニークな表現も見逃せない。ふっくらと立ち上がる、匂いそれ自体の、存在感。「風が香（にほ）ひをつたへるのではない。香ひが風をすずろかせるのだ」と書いたのは、北原白秋（きたはらはくしゅう）であった（随筆「香ひの狩猟者」）。

582

しろがねの
あいさつ交すそらとやま
やまのはたけは
稗しげりつ、

鑑賞——土岐友浩

「アザリア」第三号に「松こめて岩鐘ら立つたそがれの雲は往来の銀のあいさつ」（高倉山）の一首がある。

「しろがね」は銀のこと。右の歌をふまえれば、銀色に光る雲が近づいてきて、山にかかる。雨を降らせ、ときに雲間から、光をこぼすこともあるだろう。そのような雲を介したやりとりを遠くから眺めて、賢治にはそれが「あいさつ」のように見えたのだろうと想像できる。

しかし掲出歌では「雲」はすっかり姿を消し、景がこれ以上ないほど単純化されている。風景から得たインスピレーションを、さらに研ぎ澄ませて、賢治は「そら」と「やま」が、直接に「あいさつ」を交わす、根源的な自然界の交歓を表現した。ある意味では、賢治の男性性が投影された歌だと読むこともできるかもしれない。

稗（ひえ）は夏から秋にかけて成熟する。現代では稗を口にする機会も少なくなったが、『定本 宮澤賢治語彙辞典』（筑摩書房）によると、当時の岩手の食物記録では、麦や粟（あわ）、米に比べて、稗の割合が最も高かったという。

583a584

岩鐘のまくろき脚にあらはれて
稗のはた来る
郵便脚夫

鑑賞――土岐友浩

郵便脚夫といえば、詩集『春と修羅』巻頭の「屈折率」の後半、「わたくしはでこぼこ凍ったみちをふみ（中略）／陰気な郵便脚夫（きやくふ）のやうに／（またアラツデイン　洋燈（ラムプ）とり）／急がなければならないのか」を思い出さずにはいられない。広大な土地を一人歩くその姿に、賢治は心を寄せたのだろう。北原白秋の歌集『桐の花』にも、「あまつさへキヤベツかがやく畑遠く郵便脚夫疲れくる見ゆ」という歌がある。

郵便局員を題材とした作品は、歌稿Bでは他に「学校の郵便局の局長は／（桜の空虚）／齢若く死す」（３９３）があるくらいで、郵便配達の風景を詠んだ短歌は、この一首だけだと言ってよいだろう。

異稿では、この上句は「まくろなる／岩鐘の下／あらはれて」となっている。「岩鐘」は鐘のようにそびえ立つ山。その「脚」は、ふもとのあたりだろうか。「まくろき脚」と推敲することによって、山の大きさや迫力が際立つだけではなく、郵便配達をする人の重い足取りが目に浮かぶようだ。

590

この度は
薄明穹につらなりて
高倉山の黒きたかぶり

鑑賞——土岐友浩

農林学校時代、宮沢賢治は岩手山が近くそびえる寄宿舎自啓寮に入り、友人たちと、ときには一人で、山歩きに親しんだ。「この度は」をどう読むかは難しいところだが、そういう散策の折に詠まれた歌かもしれない。

賢治の童話『グスコーブドリの伝記』には、「じつにイーハトーヴには七十幾つの火山が毎日煙をあげたり、溶岩を流したりしてゐるのでしたし、五十幾つかの休火山は、いろいろな瓦斯を噴いたり、熱い湯を出したりしてゐました。」というくだりがある。実際の東北地方の火山活動は、これほど活発ではなかったが、賢治の胸中には、山のエネルギーが熱く渦巻いていたのだろう。

「薄明穹」はここでは日が沈んだころの空のこと。高倉山（たかくらやま）は険しい山を指す一般名詞に近い言葉で、「高倉山」という名をもつ山は岩手にかぎらず、全国に何十と存在する。掲出歌は、おそらく岩手山の南西に連なる高倉山のことだと思われる。山は夜の訪れよりも一足早く真っ黒になり、見る人を飲みこんでしまいそうなほど、大きくそびえ立っている。

591

月光の
すこし暗めば
こゝろ急く硫黄のにほひ
みちにこめたり

鑑賞――土岐友浩

硫黄は、火山の地から噴き出る匂いだろう。岩手山は江戸時代にも何度か噴火を経験した、活動的な火山のひとつである。

先にも書いたとおり、賢治は山歩きを好んだ。今も昔も、夜の山道は心もとなく、月の明かりを頼りとすることには変わりない。雲がかかって、あたりが「すこし」暗くなる。「すこし」という口語表現は、一見、歌には馴染まないようだが、ほんのわずか暗くなっただけでも、山を歩く者にとっては本能的な不安を掻き立てられるのだろうと想像できて、この歌では効果的である。

三句目の「こゝろ急く」は、前後どちらにかかるのだろうか。暗くなって焦ってきたというなら、よくわかるのだが、この書き方だと、硫黄が賢治の心を急かしているようにも読める。歌の意味だけを考えれば、下句の「硫黄のにほひ／みちにこめたり」は、そのまま一行でも書いてよさそうなところを、あえて分かち書きにしているのも、どことなく落ち着かない。一首全体にただよう所在なさが、そのまま賢治の大きな不安を反映しているようだ。

593

うす月に
かがやきいでし踊り子の
異形を見れば　こゝろ泣かゆも

鑑賞――土岐友浩

「上伊手剣舞連」の第一首。「剣舞」は「けんばい」と読む。鹿踊と同様に、岩手県に広く分布する郷土芸能で、囃子方に、装いを凝らした十人ほどの踊り子が組を作り、お盆に仏を供養して回ったという。

月の光が、まるで演舞の始まりを知らせるように、踊り子たちを照らす。その姿に、賢治が涙したのはなぜだろうか。「かがやきいでし」という表現からも、賢治の高揚感が伝わってくるが、剣舞の迫力は『春と修羅』の「原体剣舞連」という詩を読むと、いっそうよくわかる。

「dah-dah-dah-dah-dah-sko-dah-dah」という原始的な太鼓の音が、詩全体に響き渡り、「こんや異装のげん月のした／鶏の黒尾を頭巾にかざり／片刃の太刀をひらめかす」と、踊りの様子が鮮やかに、実にいきいきと描かれます。

「異形」とは非日常的な装いのこと。生命がもつ根源的なダイナミズムが、囃子と踊りによって呼び醒まされ、それを全身で感じながら、賢治は自分が自然と一体化したような喜びに、心を震わせずにはいられなかったのだ。

602a603

みちのく の
種山ヶ原に燃ゆる火の
なかばは雲にとざされにけり

鑑賞——土岐友浩

種山ヶ原（たねやまがはら）は岩手県の物見山（ものみやま）を中心とする高原で、盛岡農林学校時代の賢治にとっては、地質調査をしたり、夏休みに馬と遊んだりした思い出の場所だった。

「燃ゆる火」は野焼きの火のこと。掲出歌は「種山ヶ原　七首」の中の一首で、この一連は「白雲のはせ来るときは／この原の／草穂ひとしく茎たわむなれ」（597）に始まり、すべての歌に「雲」が詠まれている。谷に囲まれた種山ヶ原は、白雲や黒雲など、雲がたちこめやすかったようだ。

中でもこの歌は賢治のお気に入りだったのか、詞をあてた歌曲「種山ヶ原」にも、ほぼ同じフレーズが出てくる。原曲は、なんと「遠き山に日は落ちて……」でおなじみの、ドヴォルザークの「新世界より」。ちょうど「今日のわざをなし終えて　心かろくやすらえば」のところが「種山ヶ原に燃ゆる火の　なかばは雲に鎖（とざ）さるゝ」に対応している。

この歌曲は、稗貫（ひえぬき）農学校（現在の県立花巻農業高校）教員時代に作詞され、生徒とともに歌われていたという。読者のみなさまもぜひ、口ずさんでみてほしい。

606

うちゆらぐ
火をもて見たる夜の梢
あまりにふかく青みわたれる

鑑賞——土岐友浩

「祖父の死」と題された一連の、最初の一首。

賢治の生家は、祖父喜助の代に呉服商から分家した、質屋兼古着商の商家だった。事業は成功し、家は経済的には恵まれていたが、商売よりも自然や研究を愛する賢治にとっては、確執の原因ともなった。大正六（一九一七）年九月、その祖父が七十七歳で他界する。病気のためその二年ほど前に家督を父に譲り、隠居生活を送っていた。

火のゆらめきは賢治の心を反映し、下句の「あまりにふかく青みわたれる」からは、木に託された大きな悲しみが読み取れる。あるいはこの「火」とは、『銀河鉄道の夜』の焼け死んだ蠍のような、最期の命の燃焼だったのかもしれない。

ひとつの生命が「死」を迎えようとするとき、賢治はそこに燃えあがり、あたりを照らす「火」を見ていた。「永訣の朝」にも「ああとし子／死ぬといふいまごろになつて／わたくしをいつしやうあかるくするために」「くらいびやうぶやかやのなかに／やさしくあをじろく燃えてゐる／わたくしのけなげないもうとよ」というくだりがある。

609

夜はあけて
うからつどへる町の家に
入れまつるとき
にはかにかなし

鑑賞——土岐友浩

「うから」は親族のこと。この歌の前には「香たきて／ちゝはゝ来るを待てる間に／はやうすあかりそらをこめたり」（607）、「足音は／やがて近づきちゝはゝも／はらからもみなはせ入りにけり」（608）の二首があり、慌ただしく親族が集まってくる臨終周辺の様子が、目に浮かぶようだ。

「入れまつる」は、おそらく亡くなった祖父を、隠居していた家から「町」の本家に移したのだろう。

すでに賢治は家業の手伝いに携わっていたものの、家を継ぐかどうかには、大きな葛藤を抱えていた。自立心が強かった賢治にとって、親族に対しては複雑な思いがあっただろうが、今も昔も、喪のときだけは、家族の問題はひとまず措(お)いて、同じ悲しみを分かち合うものかもしれない。

先に書いたとおり「死」は、賢治ら残された者を照らす光でもあった。「祖父の死」の一連を読むと、夜は小さな松明(たいまつ)が賢治ひとりを照らし、いつしか朝の光が「家」全体を照らし出す、光の流れを読み取ることができる。やがて賢治はその「家」を離れ、上京を選ぶことになる。

621

さだめなく
われに燃えたる火の音を
じつと聞きつ、
停車場にあり

鑑賞——土岐友浩

「停車場」というと、字面からプラットホームを思い浮かべるかもしれないが、駅と操車場と信号所までを含めた、もう少し広い場所を指す言葉である。

大正二(一九一三)年に開通した岩手軽便鉄道の終点が花巻で、発着所のすぐ隣には、東北本線の花巻駅があった。その停車場に立つふたつの信号を見て、賢治は童話「シグナルとシグナレス」の想を得たと言われている。

それを踏まえると、上句の「火」とは、もしかしたら信号の光をたとえたのかもしれない。実景として読めば、停車場に燃える火だから、最初に想像するのは、やはり汽車の石炭だろうか。もしくは、待合室のストーブの可能性もありそうだ。いずれにせよ、その「火」を賢治は、自分に向かって燃える火のように感じている。

ここで、賢治には燃える「火」そのものが見えていたわけではなく、ただその音だけが聞こえたというのが、重要のように思われる。見えないからこそ、自分の内に燃え続ける火の存在を、じっと見つめることができたのだから。

鑑賞〔第四期〕

盛岡高等農林学校卒業以後

花巻農学校の教壇に立つ賢治。大正15（1926）年
（写真提供　林風舎）

637

ひゞ入りて
凍る黄ばらのあけぞらを
いきをもつかず　かける鳥はも

鑑賞——土岐友浩

幻想的な一首だが、読者の脳裡には冴え冴えとした朝の明るい空のイメージが、はっきりと浮かぶ。「こおるきばらのあけぞらを……」と二句目以降に続く、カ行の音のリズムも、硬質な歌の世界とよく調和している。

同じ時期に詠まれた「あかつきの／黄のちぎれ雲　とぶひまは／小学校によそ行きの窓」（625）、「けさもまた泪にうるむ木の間より東のそらの黄ばら哂へり」（619）などの作品を踏まえれば、この「黄ばら」は、朝の光に輝く雲の比喩と考えられる。

しかし賢治には、空に浮かぶ美しい薔薇（ばら）が、ありありと見えていたのだろう。初句の「ひゞ入りて」という細部の描写。それから注目したいのは「黄ばらの凍るあけぞら」ではなく「凍る黄ばらのあけぞら」とした語順の工夫だ。「黄ばら」と「あけぞら」を近づけることによって、空に薔薇が咲く様子を、自然と想像できるようになっている。

　このような歌を読むと、賢治がみずからの詩的感覚を、推敲を重ねて、いかに一首の短歌に昇華させていったのか、その険しい道のりを思わずにはいられない。

643

夜をこめて
硫黄つみこし馬はいま
あさひにふかく
ものをおもへり

硫黄は火薬の原料などに使われる重要な資源である。現在は主に石油から精製されるが、かつては日本各地に硫黄鉱山が存在し、自然硫黄が採掘されていた。

賢治も「硫黄」という題の文語詩を残しており、「青き朝日にふかぶかと、小馬（ポニー）うなだれ汗すれば、／硫黄は歪み鳴りながら、か黒き貨車に移さるゝ。」と、掲出歌とほぼ同じ光景が詠まれている。

この時期の賢治は盛岡高等農林学校の卒業を控え、卒業論文を書きながら、研究を続けるか、家業を継ぐか、将来を思い悩んでいた。人間の社会と自然の狭間にあって「ものをおもへり」の馬とは、賢治自身の投影だったのだろう。

ただし歌の中では、この馬はそういう世俗的な悩みから解放され、下句のひらがな書きの効果もあって、もっと根源的なことに思いを巡らせているようだ。静かな馬の佇（たたず）まいに賢治の心も救われたのではないだろうか。

ちなみに賢治の卒業論文は「腐植質中の無機成分の植物に対する価値」だったそうだ。

646

暮れやらぬ　黄水晶(シトリン)のそらに
青みわびて　木は立てり
あめ、まつすぐに降り

鑑賞――土岐友浩

　大正七（一九一八）年五月、連作「薄明の青木」の第一首。この年の春は、盛岡高等農林学校の卒業や、徴兵検査など、賢治の生活史上にも大きな変化があった。

「暮れやらぬ」は「完全に暮れきってはいない」。赤く染まる前の夕空のかがやきを「黄水晶(シトリン)」にたとえている。黄水晶は賢治が好んだ宝石のひとつで、他の短歌や詩、童話などにも、空の形容としてしばしば登場する。

「青みわびて」は、なかなか聞き慣れない語だが、「青みわたる」とちょうど反対のニュアンスと考えればいいかもしれない。風もなく、ただ、さびしく立つ樹々。それをじっと眺めていると、いつしか雨が降り始める。

「黄水晶」の美しい比喩（ひゆ）が忘れがたい一首だが、その光を引き立てているのは、三句目以降の静かな景だろう。
天然の黄水晶は産出量が少なく、世の中に出回っているほとんどのものは、水晶以外の石をアクセサリー用に加工したものだと言う。賢治もまた、短歌を通して、その宝石の美しさを人々に伝えたかったのではないだろうか。

650

あめ故に
停りありけん　青すずめ
青木をはなれ
夕空を截る

鑑賞——土岐友浩

「薄明の青木」は全六首の連作で、雨の降りこめる「青木」が繰り返し詠まれている。掲出歌はその第五首目。「けん」は過去を推測する助動詞で、「あの青い雀（すずめ）は、きっと雨宿りをしていたのだろう」という歌意になる。

「青すずめ」は、生まれたばかりの小さな雀のことだろうか。賢治の造語と思われるが、「青年」の「青」とも通じる、イメージの豊かな言葉だ。「青木」とも響きあって、五月のいのちの瑞々（みずみず）しさが伝わってくる。

「空を截（き）る」は賢治の作品にときどき見かける言い回しで、短歌にも「雲ひくき／裾野のはてに／山焼けの赤きそら截る強き鳥あり」（３０８）の一首がある。

前掲の歌でも、空が宝石にたとえられていたが、雀が飛んだあとの「夕空」は、まるで宝石のカットのように、きれいに切断される。その鮮やかな断面が、目に浮かぶようだ。幻想的な描写によってあらわれた、空の向こうの、もうひとつの世界。賢治にとって、鳥たちはその姿を見せてくれる使者だったのだろう。

652

青黝み　流る、雲の淵に立ちて
ぶなの木
薄明の六月に入る

鑑賞――土岐友浩

「黝(くろ)」は一字でも「あおぐろい」と読ませることがあり、ここでは「ぶなの木」の色を指している。

『宮澤賢治ハンドブック』によれば、『春と修羅』に使われた色の表現のなかで最も多いのが「青」、次いで「黒」だという。新緑が終わり、樹々の青色も深まっていく季節。「淵に立ちて」という三句目の字余りから、移りゆく時間の大きな流れを感じとることができる。

646、650とこの三首には、いずれも「青」が入っているが、ひとつとして同じ「青」はない。青は賢治自身を象徴する色であり、それを反映するように、刻一刻と変化する自然は、賢治にさまざまな表情を見せた。「〔青ぞらのはてのはて〕」という詩には、「わたくしは世界一切である／世界は移ろふ青い夢の影である」というくだりがある。
掲出歌は「公園〔の薄明〕」の一首。兵役を免除され、研究生として農林学校にとどまることになった、この時期の自分の境遇を、もしかしたら「青木」や「ぶなの木」に重ねていたのかもしれない。

653

暮れざるに
けはしき雲のしたに立ち
いらだち燃ゆる
アーク燈あり

盛岡城跡公園に、賢治の「岩手公園」という詩が刻まれた碑が立っている。城跡が整備され、公園として一般に開放されたのが明治三十九（一九〇六）年、賢治が十歳のときだった。

「弧光燈にめくるめき、　羽虫の群のあつまりつ、／川と銀行木のみどり、　まちはしづかにたそがるゝ。」という一節を読むと、賢治が眺めた盛岡の風景が目に浮かぶようだ。

「暮れざるに」は「まだ暮れていないのに」。賢治はこのとき盛岡高等農林学校の研究生で、稗貫郡の土性調査や分析に忙しくしていた。明るいうちから、まばゆい光を放つアーク灯。アーク灯は電気の放電で灯るものだが、まるで自分の意志で燃えているように見えたのだろう。

ちなみに盛岡城は「不来方城」とも呼ばれ、石川啄木が詠んだ「不来方のお城の草に寝ころびて／空に吸はれし／十五の心」の歌碑も、この公園にある。賢治の懊悩と、啄木の青雲の志。青年期の歌人二人が、それぞれの胸の内を詠んだ場所として、思いを馳せてみたいものだ。

654

黒みねを
はげしき雲の往くときは
こゝろ
はやくもみねを越えつつ

鑑賞――土岐友浩

岩手公園（現在の盛岡城跡公園）の高台から、賢治は高洞山が連なる北東郊外の山の峰を眺めていた。

大正七（一九一八）年の六月、賢治は肋膜炎と診断された。そのため研究も進まず、忸怩たる思いを抱えていたが、「黒みねを／わが飛び行けば銀雲の／ひかりけはしくながれ寄るかな」（656）という同時期の作品にも描かれているとおり、賢治は自由に空を飛ぶ自分の姿を、ありありと想像していた。

現在はビルなどが建ち、公園から賢治が見たように「黒みね」を見ることは難しく、それこそ

「こころ」のなかでビルを「越え」て、高洞山を思い描くしかない。短歌では「燃えそめし／アークライトは／黒雲の／高洞山を／むかひ立ちたり」（655a656）と詠まれた他に、有名な童話『風の又三郎』の原型となった「風野又三郎」にも、高洞山が出てくる。
「その時僕は、あの高洞山（たかぼらやま）のまっ黒な蛇紋岩（じゃもんがん）に、一つかみの雲を叩きつけて行ったんだ。そしてその日の晩方にはもう僕は海の上にゐたんだ。」（「風野又三郎」）

665

月弱く
さだかならねど
縮れ雲ひたすら北に飛びてあるらし

鑑賞――土岐友浩

はっきりと目には見えないからこそ、かえって強いイメージが賢治の、そして読者の胸に刻まれるという歌を、これまで何首も読んできた。掲出歌では、月の暗い夜空の雲とそれを追いかける賢治の心、そのふたつが重なって、いつしか読者も非日常的な世界に誘われるようだ。

肋膜炎を患い、静養のため研究をしばらく休むことになった賢治は、この年の夏に、初めての童話「蜘蛛（くも）となめくぢと狸（たぬき）」「双子の星」を作って、家族に読み聞かせている。

先に紹介した「風野又三郎」は、大正十三年二月以前の成立と推定されているが、その結末近くには「空では雲がけはしい銀いろに光りどんどんどんどん北のはうへ吹きとばされてゐました」と、掲出歌のように、雲が「北」を目指して飛んでいく場面が書かれている。

盛岡の地で、中学校、高等農林学校と、賢治はおよそ十年の時間を過ごしました。この時期の経験が、こうして数多くの短歌になり、短歌に書かれた世界が、のちに童話として人々から親しまれる作品に生まれ変わったのである。

668

ほしぞらは
しづにめぐるを
わがこゝろ
あやしきものにかこまれて立つ

鑑賞——大西久美子

大正七（一九一八）年三月、盛岡高等農林学校を卒業した賢治は指導教官・関豊太郎の勧めを受け、稗貫郡土性調査のために研究生として残った。父・政次郎との進路、徴兵検査を巡るやり取りを経ての決断である。卒業間際、親友の保阪嘉内が退学処分（文芸同人誌「アザリア」に発表した作品が原因と伝わる）となり、賢治は大きなショックを受けた。

五月一日から十九日にかけて、実地調査のために石鳥谷、葛丸川などを巡る。作品は野宿の夜の星空を見上げた時の心象をスケッチしたと観るのが順当であろうが、大正七年五月十九日付の保阪嘉内宛ての手紙に「まひるの光の底をめぐる星群よ、芽を折られて今年はむなしく立つたらの木よ」という一文がある。案外、賢治は光あふれる真昼、静かに北極星を巡る星空があることに心をとめて詠んだのではないか。賢治の短歌作品には折句を施すものがある。この歌の各句の最初の文字を繋げると「ほしわあか」、「星は赤」。賢治が「最も好んだ星座」（原子朗著『定本 宮澤賢治語彙辞典』）、蠍（さそり）座の「アンタレスの赤」が出てきて、私は本当に驚いた。ここから、同年夏の創作童話「双子の星」の中の「星めぐりの歌」の最初、「あかいめだまの　さそり」に連想が飛んだ。因みに、「双子の星」は賢治が初めて書いた童話である（処女作と伝わる童話は二つあり、もう一つは「蜘蛛となめくぢと狸」）。また、賢治は「星めぐりの歌」の作曲をしていることも添えておく。

672

息吸へば
白きここちし
くもりぞら
よぼよぼ這へるなまこ雲あり

鑑賞――大西久美子

連作〔折壁〕(十一首)の四首目の作品である。

ただし、〔折壁〕という小タイトルは、歌稿Bと仮称される草稿(清書された自筆稿)では落とされている。また、森荘已池校註の『宮澤賢治歌集』(日本書院・昭和二十一年刊)と創元文庫『宮沢賢治歌集』(創元社・昭和二十七年刊)、また、『校本 宮澤賢治全集』第一巻(筑摩書房・昭和四十八年刊)では、先に鑑賞した「ほしぞらは/しづにめぐるを/わがこゝろ/あやしきものにかこまれて立つ」(668)を一首目とする「葛丸」に組み込まれている。

大正七(一九一八)年九月二十一日〜二十六日、賢治は稗貫郡東北部の土性調査を行うが、「折壁」はこの地域に含まれる地名である(岩手県稗貫郡内川目村のこと)。後、大迫町の一部となったが、町村合併により今は花巻市に組み込まれている。

天気は二十四日が雨交じりの強風、二十五日も雨天であった。作品は山の尾根にかかる低い雲が動いている様子に心象を託し「よぼよぼ這へるなまこ雲」とうたう。「よぼよぼ」が悲しくも可笑しい。頼りない心持ちがよく出ている。

賢治の作品に時々現れる「なまこ雲」をネットの検索エンジンにかけるとすぐにヒットするが、盛岡気象台によると「天気用語にはない。初めて聞く」ということだった。「なまこ雲」が賢治の造語であるのか或いは、日常会話に出てくる天気の言葉かどうかは分からない。『古事記』にも出現する「なまこ」。折壁へゆく前に創作され、家族に朗読した童話「双子の星」では、悪い彗星が罪の報いとしてばらばらになり「なまこ」になるという設定で登場する。賢治の祖父・宮沢喜助は美食家で、とりわけ魚が好きだったという。この祖父の酒の肴として「なまこ」が膳に上ったことがあったかもしれない。

因みに前に置く三首は次の通りである。

〔たばこばた風ふけばくらしたばこばた光の針がそゝげばかなし〕（669）
鳥の毛は／むしられ飛びて／青ぞらを／羽虫のごとくひかり行くかな（670）
〔あゝ大地かくよこしまの群を載せかなしみいかにはげしかるらん〕（671）

「たばこばた風ふけば」に漢字を当てると「たばこ畑風吹けば暗したばこ畑」となる。大迫のみで栽培を許される葉たばこの「南部葉」畑のスケッチである。特産品のこの葉たばこは、江戸時代から有名であった。今ひとつの天候のこともあっただろうが、この連作〔折壁〕には最初から愉快ではない気持ちが出ている。

盛岡高等農林学校の卒業後、気が進まないまま研究生として学校に残った賢治は、夏に体調を崩した。調査後の退学願いも申し出ており認められている。「鳥の毛は／むしられ飛びて」とこの頃の賢治の姿が重なる。また、様々な場面で見るよこしまの群――お金や権力の絡みが想起されるが――を厭う気持ちも強かったことは想像に難くない。

674

相つぎて
銀雲は窓をよぎれども
ねたみは青く室に澱みぬ

鑑賞——大西久美子

「縮まれる肺いつぱいに／いきすれば／空にさびしき雲もうかべり」（五首目・673）の次に置く、連作〔折壁〕（十一首）の六首目の作品である。

この時の稗貫郡東北部の土性調査は大迫から始まり、折壁を含む地域を巡るが、いったん大迫に戻り次の地へ出向くこともあった。大迫の定宿は石川旅館で作品の舞台と思われる。

賢治は夏の調査で宿泊した旅館に新しく敷かれていた藺筵（いむしろ）を「文語詩稿五十篇」の〔夜をま青き藺むしろに〕や先駆形Aの「土性調査慰労宴」に描いた。夏はどこの旅館も同様の筵を敷いたことだろう。さて、この日、強い風が吹いていたことが窓越しの空に次々と銀雲が流れてゆくことから分かる。銀雲。ふと、「Every cloud has a silver lining」（全ての雲は銀の裏地を持っている→絶望的な状況でも必ず希望がある）が過ぎった。賢治はこの英国の諺を知っていたと思う。しかし一縷の望みも持てぬほど「ねたみは青く室に澱」んでいた。「ねたみ」の主は誰か。賢治か。賢治を嫉む者か。或いは個人を越え、人間の心に堆積してきた「ねたみ」なのか。青く澱んだ「ねたみ」が見えるようだ。凄みのある冷たさにぞっとする。

この後に次の五首が続く。

〔けはしきもやすらかなるもともにわがねがひならずやなにをやおそれん〕（削除）（675）
〔けはしくばけはしきなかに行じなんなにをおそれてたゆむこゝろぞ〕（削除）（676）
〔けはしくもそらをきざめる峯々にかゞやくはなの芽よいざひらけ〕（削除）（677）
しろがねの／月にむかへば／わがまなこ／雲なきそらに雲をうたがふ（678）
そら高く／しろがねの月かゝれるを／わが目／かなしき雲を見るかな（679）

賢治は、七首目〜九首目（675〜677）を削除した。推敲してもスローガン的な感触を拭いきれず、連作の雰囲気を壊すものと判断したのだと思う。

その後に続く「しろがねの月」を見ながら歌う十、十一首目（678、679）に出てくる「雲」。特に「雲なきそらに雲をうたがふ」は「疑雲」——疑いのかかっている様を雲にたとえていう語（『広辞苑』第六版）——をひらいて心情を載せた作品だ。

ところで「しろがねの月」を私は最初、鎌の形の細い三日月とイメージしたが、大正七年九月二十一日〜二十六日までの月を調べると、満月に近い形から半月になりかかるまでの、いわゆる太った月（月齢一五・七〜二〇・七）、ということが分った。空の高いところに銀の皿のような月が架かっているが、賢治の心は晴れない。鬱屈した気分を「雲」は伝える。

680

〈あゝこはこれいづちの河のけしきぞや人と死びととむれながれたり〉

鑑賞——大西久美子

十首の連作〔青びとのながれ〕の第一首目である。後に清書した自筆稿歌稿Bより外された。「あゝこは」（なんとまあ）と恐怖に震え、驚嘆して叫ぶ賢治の声が聞こえるようだ。「私の世界に黒い河が速にながれ、沢山の死人と青い生きた人がながれ下って行きまする」と賢治は保阪嘉内に手紙（大正七年十月一日・推定）で告げた。弟・宮沢清六(せいろく)の著書『兄のトランク』には北上川と猿(さる)ケ石(がいし)川の合流する「イギリス海岸に沢山の死人が流れて行く夢のような話をたびたび聞いた」とあり、幻視の場と推定できる。農学校の教師となった賢治から豊沢川の夢として聞いたという話も残り、同様の経験を何回かしたのだろう。

短歌作品にだけ出てくる「青びと」は見たままの表現かもしれないが、賢治の作品には『古事記』の影響を窺わせるものがあり、同書では国民を盛んに繁る草に喩え「青人草」と記すことも書き添えておく。それにしても「草」を省けばなんと寒々しいイメージだろう。軽々しいことは言えない。しかし、この賢治の見た光景に東日本大震災の惨状がどうしても重なる。

684

〔溺れ行く人のいかりは青黒き霧とながれて人を灼くなり〕

鑑賞──大西久美子

〔青じろき流れのなかを死人ながれ人々長きうでもて泳げり〕(681)

〔青じろきながれのなかにひとびとはながきかひなをうごかすうごかす〕（682）
〔うしろなるひとは青うでさしのべて前行くもののあしをつかめり〕（683）

に続く五首目の作品である。ぞっとする程、臨場感あふれる映像を前の三首で差し出したあとに、流されてゆく人の心情に迫ってゆく。

「溺(おぼ)れ行く人のいかり」について賢治は前作で紹介した保阪嘉内宛の手紙に「溺れるものの怒りは黒い鉄の瓦斯(ガス)となりその横を泳ぎ行くものをつゝみます」と書いている。「青黒き霧」は「黒い鉄の瓦斯」のことだった。石っこ賢さんは科学者である。なぜ「青黒き霧」が「人を灼く」のか。少々難解と思える表現だが、この「霧」は二千八百度を超す鉄の沸点、鉄の気化を踏まえており、観念のみの産物ではなかったのだ。

ところで、『春と修羅　第二集』の〔序〕には「北上川が一ぺん汎濫(はんらん)しますると／百万疋(びき)の鼠(ねずみ)が死ぬのでございますが」と書かれており、大洪水が起こるたび、北上川流域の多くの人命が流され、失われた事実を賢治が念頭に置いていたことが分かる。また、賢治は、花巻駅から東方約二キロにある北上川と猿ヶ石川の合流地点をイギリス海岸と名づけ、「白亜の海岸を歩いている気がする」と記した。遥か太古の景色から始まり、この地に辿り着いた先住民と土地を奪う民族との戦いや、負けて北上川を流れてゆく多くの死者の口惜しさ、悲しみにまで賢治の思いは及び、リアルな幻視体験の回路がパッと開かれたのだと思われる。

この後に続く四首の作品は次の通りである。

〔あるときは青きうでもてむしりあふ流れのなかの青き亡者ら〕（685）

〔青人のひとりははやく死人のたゞよへるせなをはみつくしたり〕（６８６）
〔肩せなか喰みつくされししにびとのよみがへり来ていかりなげきし〕（６８７）
〔青じろく流るゝ川のその岸にうちあげられし死人のむれ〕（６８８）

壮絶なスケッチである。溺れ、流れてゆく人々のあまりに理不尽な死。生への激しい執着を抱えて亡くなった方々の凄まじい憎悪の魂が出現させる亡者同士の壮絶なバトルを、賢治は恐れおののきながら見ている。しかし、九首目（６８８）に冷静な目が一瞬入る。この一首がリアリティを引き寄せる。幻視だが、我に返った賢治が摑んだ現実であり、その有り様に非情が伝わる。

６８９

〔あたまのみひとをはなれてはぎしりし白きながれをよぎり行くなり〕

〔青びとのながれ〕の最後、十首目の本作品では、「ひと」の体から離れた「あたま」が川の流れを歯ぎしりしながら横切ってゆくというのだ。推敲前、「ひと」は「われ」（賢治）であり「あたま」は「巨な」ものであった。この「あたま」が辿り着く場所はどこか。「イギリス海岸の歌」にある「なみはあをざめ支流はそそぎ／たしかにここは修羅のなぎさ」である。〔溺れ行く人のいかりは青黒き霧とながれて人を灼くなり〕（684）でも触れたが、一首前は〔青じろく流るゝ川のその岸にうちあげられし死人のむれ〕（688）である。岸はすでに無数の死者でいっぱいだ。そして「あたま」のない「ひと」の体もこの渚に打ち上げられるのだ。なんということだ！　凄まじい執念が辿り着く先は凄まじい虚しさである。

賢治の詩「原体剣舞連（はらたいけんばいれん）」に「達谷（たった）の悪路王（あくろおう）」、阿弖流為（アテルイ）が登場する。阿弖流為は朝廷との戦いに一度は圧勝し、千人を超す将兵が北上川で溺死したという史実がふと浮かんだ。

令和元年八月十七日、私はイギリス海岸にいた。天気は悪くない。だが台風十号の影響で水嵩（みずかさ）は増していた。圧倒される流れ。白く波立つ北上川の速い流れに賢治の見た景色が過った。

692

みなそこの
黒き藻はみな月光に
あやしき腕を
さしのぶるなり

鑑賞――大西久美子

十首の連作「アンデルゼン白鳥の歌」の三首目。次の二首（690、691）を前に置く。

「聞けよ」（„Höre,“）／また、／月はかたりぬ／やさしくも／アンデルゼンの月はかたりぬ（690）

海あかく／そらとけぢめもあらざれば／みなそこに立つ藻もあらはなり（691）

大正七（一九一八）年十二月、宮沢賢治はアンデルセン著『絵のない絵本』（月が若く貧しい画家に語る三十三の話）のドイツ語訳を読むが、とりわけ「第二十八夜」の白鳥の物語に惹かれたのだろう。「アンデルゼンの物語を勉強しながら次の歌をうたひました」と保阪嘉内に六首の歌を書き送り、更に四首加えて原作をなぞる十首で「アンデルゼン白鳥の歌」を創作した。前年の大正六年には『アンデルセン御伽噺』（長田幹彦訳・富山房）が出版され、『絵のない絵本』から選ばれた九話の「月の話」に「第二十八話」が入っている。賢治はこちらを先に読んだのではないか。ところで作品の場面をドイツ語訳では、奇妙な植物が、森の巨木のように幾尋もある長い茎を私（月）に伸ばしていると記すが、賢治の意識はもっと深く闇に届き、月光にあやしい無数の腕を差し伸べる黒い藻となった。人間の執念、救いのない虚しさが映像化され、賢治の水彩画「ケミカル・ガーデン」（手の幽霊）を彷彿させる。海底から見る月光の儚さが頭に浮かぶ。この光が不気味な幻想性をより強く高めている。

　しかし、この恐ろしい海も魚にとっては居心地のよい住処だ。奇妙な藻の上を軽やかに泳ぐ。立場が違えば見える風景も違う。この落差も見逃すことができない。

おゝさかな、／そらよりかろきかゞやきの／アンデルゼンの海を行くかな（６９３）

695

わだつみと
月のねたみは
青白きほのほとなりて白鳥を燃す

鑑賞——大西久美子

一首前に「ましろなる羽も融け行き／白鳥は／むれをはなれて／海にくだりぬ」（694）を置く。

この作品は思い入れが深かったのだろう。下の余白に鉛筆で書かれた「青白き／ほのほは海に燃えたれど／かうかうとして／鳥はねむれり」（695a696）を残す。推敲を試みたのかもしれない。

疲れて隊列を離れ、波飛沫（しぶき）を浴びながら白鳥が海に浮かぶ様子を「輝く水は青い焰（ほのほ）のやうに白鳥の胸や背中へ浴びせかゝつた」と『アンデルセン御伽噺』（英語訳→日本語訳）は記す。元々は海神を表す「わだつみ」を初句に置くことで、悲劇の英雄・日本武尊（やまとたけるのみこと）の白鳥伝説がふわっと重なる。父との確執、保阪嘉内の退学、進路、健康上の不安を抱えた夏……。ドイツ語訳の『絵のない絵本』では大きな広い波となって流れる海面を「エーテルのように輝いて」と形容するが、『アンデルセン御伽噺』はこの場面を省く。エーテル（光素）は賢治にとって重要な概念のひとつであり、その語を目に留めていれば外すことは考え難いが、連作に出てこないのだ。『アンデルセン御伽噺』を先に読んだと思う所以（ゆえん）である。因みに岩手大学図書館は盛岡高等農林で賢治が学んだ二冊のドイツ語の教本を保管する。どちらもアンデルセンの物語を収めるが『絵のない絵本』の話はなかった。また、大正七～八年頃、校舎は水色から濃い青に塗り替えられた。沈鬱する賢治の心がこの青に反応した可能性も考えたいと思う。

698

白鳥の
つばさは張られ
かゞやける琥珀のそらに
ひたのぼり行く

鑑賞――大西久美子

「アンデルゼン白鳥の歌」の十首目である。その前に「あかつきの／琥珀ひかればしらしらと／アンデルゼンの月はしづみぬ」(696)、「あかつきの琥珀ひかれば白鳥の／こころにはかにうち勇むかな」(697)と、白鳥が月と海の嫉みから解放されたことを詠う。「琥珀(こはく)のそら」が美しい。元気を取り戻した白鳥が太陽を目指して飛んでゆく映像が見えるようだ。特に「白鳥の／つばさは張られ」には強い意志と希望が感じられる。ふいに賢治の童話「水仙月の四日」の「まもなく東のそらが黄ばらのやうに光り、琥珀(こはく)いろにかゞやき、黄金(きん)に燃えだしました。(中略)ギラギラのお日さまがお登りになりました。」「雪狼(ゆきおいの)は起きあがつて大きく口をあき、その口からは青い焔（ほのお）がゆらゆらと燃えました。」が浮かんだ。雪山に遭難した子供が助かる場面で、この連作と通じるものがある。

作品は十二月中旬のはくちょう座の動きとも呼応する。日の出の頃、はくちょう座は北十字の形になり明るい空を昇ってゆくが、未明の東空に現れる最初の星は翼の先っぽだ。賢治の視力は良かったと聞く。この星を確認したかもしれない。

718

ほしめぐる
みなみのそらにうかび立ち
わがすなほなる
電信ばしら

鑑賞――大西久美子

「北上川第一夜」二首目の作品である。宮沢賢治の短歌は独特である。謎といってもよい。本作品も例外ではない。「わがすなほなる電信ばしら」？　う～ん、とうなってしまう。しかし、分からないながらも、どこか自分（読者）の心理が重なり、時空を越えてこの星空を見ているような気分になる。これも「賢治短歌」の魅力だろう。

「ほしめぐる」の推敲前は蠍座を彷彿させる「蠍行く」であった。「電信ばしら」を形容する「わがすなほなる」は皮肉な感じがする。賢治は大正七（一九一八）年暮れに入院した妹トシを献身的に看護しつつ、東京で人造宝石の製造販売の事業をしたいと父へ訴え続けた。しかし翌年三月、父の命でトシを連れて帰郷し「うすぐろい質物、凍ったのれん、青色のねたみ」（書簡一五九）に囲まれ、鬱屈した気分で質屋の店番生活を送っていた。動けない「電信ばしら」はまるで賢治の分身だ。また「うかび立ち」には朝――現実――が来れば幻想が消える儚さがある。北上川と八月の銀河は、北から蠍座のある南の方角へ流れている。そこには運命に抗えぬ電信柱が賢治のように茫然と立つ。

749

桐の木の
ねがひはいともすなほなれば
恐らくは
青ぞらに聞かれなんぞ

鑑賞――大西久美子

「北上川第四夜」（二十六首）の後半、十八首目に置かれた作品である。

「桐の木のねがひ」は何だろうと思った時、はたと閃（ひらめ）いたのは、天保（てんぽう）七（一八三六）年十一月下旬の花巻・大迫を発端とする大規模な百姓一揆である。この時、約四千人の農民が参加したというが、集まりの合図として「ほら貝」や「桐の木」をくりぬいた簡素な吹奏楽器の音が使われた。

賢治は土性調査のため、指導教官・関豊太郎と繰り返し大迫を訪れている。盛岡高等農林学校は東北地方の冷害対策と農業振興を目的として設立されたが、関豊太郎は土壌学と冷害気象の研究で業績を残している。青ぞら（天界）に届くだろうと気持ちを込める「桐の木の／ねがひはいともすなほなれば」の「ねがひ」が度々起こる飢饉（ききん）に関わるものであったと考えれば作品の難解さがほどけてゆく。最終形では削除されたが次に〔そら青ければはだかとなりいのりつちをほりすなつちをほりいのりつちをほり」（750）と詠い、三首前では「朽ちのこりし／玉菜の茎を青ぞらに／投げあげにつゝ／春は来にけり」（745）と詠う。この三首を並べると次のようになる。

朽ちのこりし／玉菜の茎を青ぞらに／投げあげにつゝ／春は来にけり（745）
桐の木の／ねがひはいともすなほなれば／恐らくは／青ぞらに／聞かれなんぞ（749）
〔そら青ければはだかとなりいのりつちをほりすなつちをほりいのりつちをほり〕（750）

陰鬱な冬は去り、春が来たのだ。作物が豊かに育ち、飢饉から遠くあれ。賢治の祈りが伝わる。

759

サイプレス
忿りは燃えて
天雲のうづ巻をさへ灼かんとすなり

鑑賞――大西久美子

〔ゴオホサイプレスの歌〕とタイトルがある。サイプレスは糸杉のこと。ゴッホが描いた糸杉を見たのだ。賢治の心に湧く怒り、苛立ちは、焔のようなサイプレスが渦巻く雲を灼くような絵に共鳴したのか。大正十（一九二一）年一月、賢治は突然出京し、東大赤門前の文信社に校正係として入社、働きながら法華経の信仰生活を送っていた。賢治は熱烈に父と親友・保阪嘉内へ法華経への帰依を勧めていたが思うようにゆかない。このような時期に、雑誌「エゴ」（大正三年一月号）ゴオホ号の表紙「星月夜のサイプレス」に出会ったのではないかと私は考える（文信社に勤務し、近くの図書館に通う賢治が「エゴ」の表紙絵に目を留めた可能性は高い）。

前回の上京から大正八年三月に花巻に帰郷した後、暗い気分で質屋の店番生活を送っていた賢治は、同年五月以降、浮世絵の蒐集を本格的に始めた。浮世絵の影響を受けたゴッホと、浮世絵に精通する賢治。奇しくも三十七歳で生涯を終えた二人の人生には他にも似たところがあり、偶然とはいえ不思議な気持ちになる。

「鹿踊りのはじまり」

「はんの木のみどりみぢんの葉の向さぢやらんぢやららんのお日さん懸がる。」

「虹や月あかりからもらつてきた」九つのイーハトヴ童話を収める『注文の多い料理店』の一つに「鹿踊りのはじまり」がある。イーハトヴとはドリームランドとしての日本岩手県。掲出歌は童話の中で鹿が詠う短歌である。栗の木から落ち、左足を痛めた嘉十が西の山の中の温泉を目指して「はんの木」の木立があるすすきの野原をゆく途中、鹿に残した栃の団子の側に手拭を置き忘れる。ここに六疋の鹿が集まり順番に岩手の方言で詠うが、最初の鹿は太陽を「ぢやらんぢやららんの」と形容した。これは鐃鈸の音だろう。シンバルに似る鐃鈸は確かに「お日さん」の形である。また賢治の信仰する日蓮宗では葬儀の際に使うという。そう考えると生死の境や動物、人間の区別のない時空の扉が開いて、ひょっと入ってゆく感じがする。「懸がる」の据え方も面白い。空に吊る太陽の雰囲気がでた。ここに理屈は全くない。「太陽に向いて、それを拝むやうにしてまつすぐに立つた」鹿達は、葉が微塵の緑が重なるように見えるはんの木、太陽の動き、銀の野原の賛美をこの歌から詠いあげてゆく。

「鹿踊りのはじまり」

「お日さんを
せながさしよへば、はんの木も
くだげで光る
鉄のかんがみ。」

鑑賞──大西久美子

二番目の鹿がたびたび太陽の方に頭を下げた後に詠った歌。「かんがみ」は鏡のこと。お日さんは「はんの木」が背負っているように見える位置まで動いていた。枝や葉の細やかな間から透ける眩しい光で「はんの木」はまさに鉄の鏡が砕けて光っているように見えただろう。その感動を鹿は詠った。

鉄のかんがみ──金属鏡（多くは青銅鏡と思うが）はとても古い時代へと私達を誘う。賢治の作品に時々登場する鉄の鏡から連想される「金銀錯嵌珠龍文鉄鏡」の発見は、昭和八（一九三三）年──賢治の最晩年である。いったい賢治はどこで鉄の鏡の着想を得たのだろう。賢治は科学者であり詩人である。物語の後半で「はんの木」の葉が擦れ合う音を「かちんかちん」と鉄の硬さが伝わる表現をした。一方、真逆のイメージの、脆く、いつまでも錆びずに輝く超高純度の純鉄の鏡（現実にはまずないだろう）が過ぎらなかっただろうか。賢治の作品を読んでゆくと、賢治マジックに嵌まり、つい本質から外れた謎を深追いしそうになる。これは、賢治作品の怖いところでもある。

「鹿踊りのはじまり」

「ぎんがぎがの
すすぎの底でそつこりと
咲ぐうめばぢの
愛どしおえどし。」

鑑賞――大西久美子

「ぎんがぎがの／すすぎの底(そご)の日暮れかだ／苔(こけ)の野はらを／蟻(あり)こも行がず。」

が、この歌の前にあり、夕陽を反射して眩しく耀くすすきの穂の下には夜が迫っていることが分かる。このすすきの根元の「うめばちさうの白い花の下」に嘉十は栃の団子を置くのだが、もし団子を平らげてしまっていたら、鹿は花に気づかなかっただろう。それでも清潔で可憐な「うめばちさう」の花は「そつこりと」咲くのだ。鹿は「うめばぢ」の慎ましさ、健気さに感動して「愛どしおえどし」と讃えたのち「はねあがり、はげしくはげしく」まわる。物語の前半でも「うめばちさう」の側にある嘉十の手拭を怪しんで、鹿は「ぐるくるぐるくる」まわるが、今はちっとも怖くない。ところで、「鹿踊りのはじまり」の中でどんな状況でも全く変わらずにいるのは「うめばちさう」だけである。すすきも「はんの木」も風に揺れ、太陽は時間の経過と共に動いている。栃の団子は鹿が食べてしまった。一番小さな存在が見せる気品。「うめばちさう」を讃える歌に、賢治の理想とする精神のあり方を感じる。

絶筆・半紙

方十里稗貫のみかも
稲熱れてみ祭り三日
　　　そらはれわたる

鑑賞——大西久美子

　死の前日（昭和八（一九三三）年九月二十日）、賢治が半紙に墨書した絶筆二首の最初の短歌。鳥谷ヶ崎（とやがさき）神社の祭礼（九月十七日〜十九日）三日目の夜、賢治は玄関先でお神輿（みこし）を拝礼したが、翌日、急性肺炎となり容態が悪化。父と親鸞（しんらん）や日蓮の往生観を語り合った後に認めた。「稗貫」は賢治の住む土地。岩手県は冷害により前々年は大凶作、前年も不作だったが、昭和八年は大豊作で一日は雨になることの多い祭礼が三日間晴れ渡った。作品は「方十里」から入り、賢治の魂が高い所から豊かな稔りを見渡し、言祝（ことほ）いでいる感じがする。ところで「のみかも」には様々な解釈がある。話し言葉風に「だけかも」の意とする説（だが、八月に「文語詩稿五十篇」と「文語詩稿一百篇」を清書した賢治である。「のみかも」の軽みある口調はそぐわないと私は思う）。「かも」を反語とし「稗貫だけでなく」とする説。「み」を接頭語「御」とする説（ただし「か」「かも」の解釈が必要となる）もある。何れにせよ、死を前にした賢治の心は明るく解放されている。父子で語った往生観が歌に反映されているのかもしれない。

絶筆・半紙

病（いたつき）のゆゑにもくちん　いのちなり
みのりに棄てば　うれしからまし

鑑賞——大西久美子

昭和八年九月二十一日、宮沢賢治は亡くなった。満三十七歳。その前日に認めた絶筆の短歌の二首目。「みのり」には稲の「稔り」と法華経の「御法（みのり）」の意が込められているだろう。病で現世の命は朽ちるが「みのり」のために棄てるのであればどんなに嬉しいだろうという気持ちが歌になったのだ。病に「いたつき」とルビがある。八月、賢治は文語詩稿を清書して定稿とした。その最初の詩〔いたつきてゆめみなやみし〕（「病て夢見悩みし」の意と思う）が頭に過ぎり、文語詩へかける賢治の思いの深さも、しみじみと伝わってくる。

賢治の文学活動は短歌から始まり、一旦は手放したように見えた。だが、心の奥深いところで脈々と息づいていたのだ。

書に詳しくない私だが、半紙に書かれた絶筆の二首は筆に迷いがなく、特にこの歌の書は風の動きや、リズムを感じる。

最後に。賢治の知らない未来を生きる沢山の人達に「賢治短歌」が届くことを願う。きっと賢治の謎めく心の風景に触れることができるだろう。

第二部

解説　賢治短歌の成立

佐藤通雅

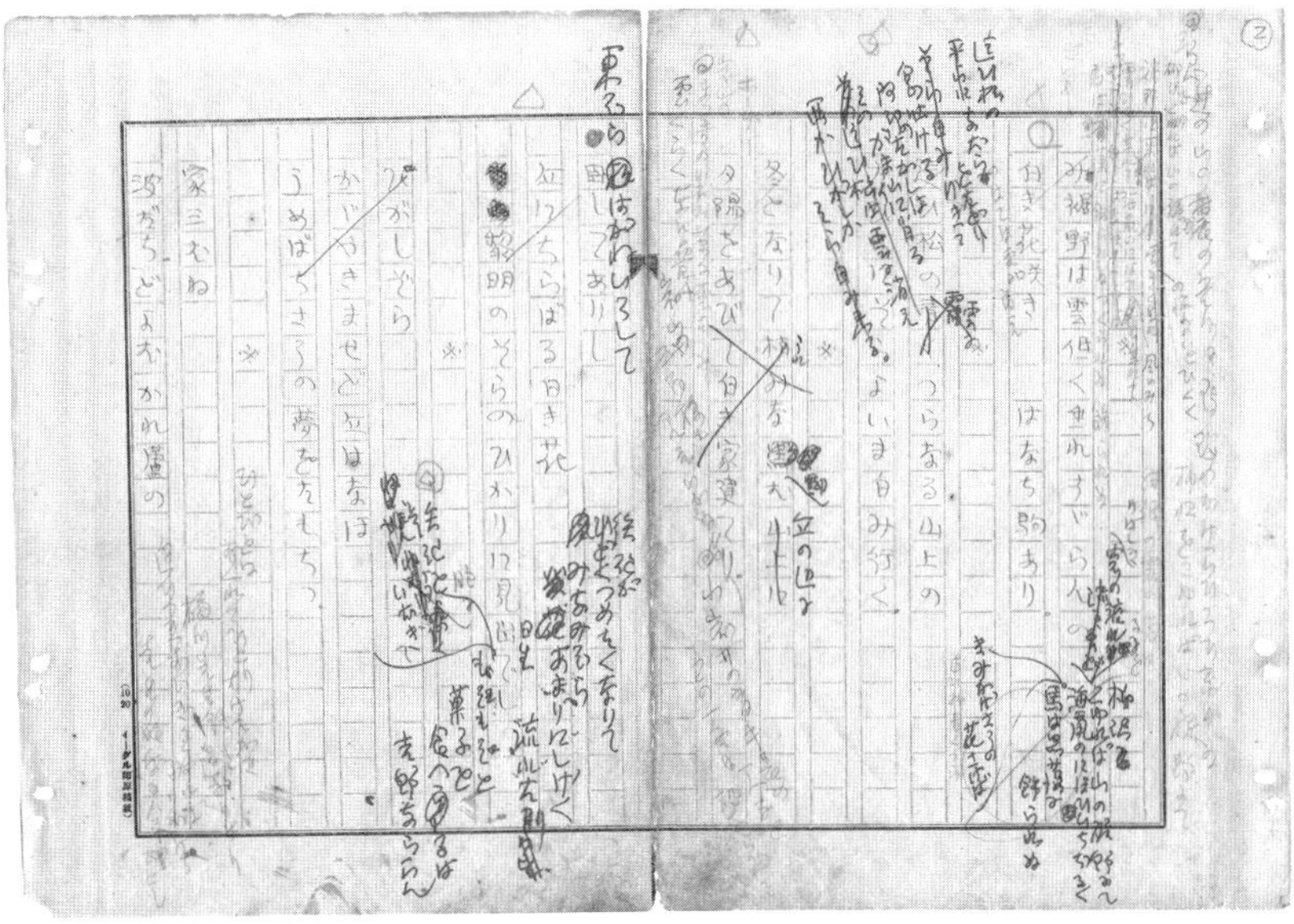

賢治「歌稿〔B〕」
（写真提供　宮沢賢治記念館）

一　歌稿の問題

「宮沢賢治」の名は、子どもから大人まで、たいていの人が知っている。この国の文学者の知名度では、トップクラスといってもよい。なにによって知っているかといえば、まず「雨ニモマケズ」。つづいて、『注文の多い料理店』『風の又三郎』『銀河鉄道の夜』、そして農業技師としての活動などをあげることができる。

私自身も、年少のころから知っていた。それというのも、両親が岩手県出身であり、自分もまたそこに生れ育ったからだ。作品を読むまえに「郷土が誇る文学者」としてくり返し教えられ、なぜえらいのかも理解しない以前に「宮沢賢治」は刻印されてきた。

ただし、郷土が誇るのは宮沢賢治だけではない。もう一人、石川啄木（いしかわたくぼく）がいた。『一握の砂』『悲しき玩具』の歌人として、これまた作品以前に「偉人」のイメージが植えつけられてきた。

高校生になると、当時住んでいた水沢市から、花巻市の羅須地人協会跡地へたびたび行くようになる。夏季には、啄木の故郷渋民（現盛岡市。当時は村）へも行き、渋民小学校や、宝徳寺を宿舎に借りて、研修合宿をするようになる。

そのとき（つまり一九六〇年前後）、二人のうちどちらを上位の文学者とイメージしたかといえば、石川啄木のほうである。啄木の歌集はすでに多くの人の心をつかんでおり、彼の歌に魅せられて短歌をはじめる若者も少なくなかった。賢治のほうは、草野心平や谷川徹三などによって高く評価されているとはいうものの、全体像が茫洋としてつかみとることができなかった。

この順位に逆転のきざしの見えはじめたのは、一九六〇年代から七〇年代へわたろうとする途上であり、七〇年代以後になると、あれあれという間に賢治人気は、ほとんど噴出に近い状態となった。社会的背景をいえば、政治の季節が衰退し、つぎの季節へ移ろうとして模索のはじまった時期に重なる。評論家吉本隆明の『重層的な非決定へ』（大和書房、一九八五年）のタイトルが、この変位を象徴している。

宮沢賢治の全集や作品集はすでに刊行されていた。したがって、それなりの知名度は得ていたのだが、この一九七〇年代をあたかも先取りするかのように、『校本 宮澤賢治全集』（筑摩書房）の刊行がはじまり、読書界をおどろかせた。なぜなら、現存するかぎりの原稿や関連資料が網羅され、各巻に精細な校異もほどこされていたからだ。いきおい、造本は分厚くなり、もっとも重い巻は「漬物石のようだ」と評されるほどだった。

他方、石川啄木全集のほうは、ほとんどが一ページ二段組の旧来のままであり、賢治と啄木の人気度の落差は、目に見えるまでになった。

なぜ宮沢賢治への注目度が高まっていったのだろうか。

第一は、作品の解読が進むにつれて、多くの謎が解き明かされはじめたことによる。

第二は、解読してもしきれない底深さも、同時に見えてきたことによる。

そして第三に、賢治自身の関心領域が多岐にわたっており、文学・科学・農業・教育・芸術・音楽・宗教などなどをも包含した〈宇宙〉の様相を呈しているとわかってきたからだ。

ついには、一〇〇〇ページ近い『新宮澤賢治語彙辞典』（東京書籍　一九九九年）が、原子朗によって編纂された。つづいて『宮沢賢治大事典』（勉誠出版　二〇〇七年）も渡部芳紀によって刊行された。それでもなお足りず、『宮澤賢治イーハトヴ学事典』（弘文堂　二〇一〇年）が、天沢退二郎・金子務・鈴木貞美によって、世に送り出された。しかもこの『イーハトヴ学事典』は、「世界観の基礎概念」「自然界」「学芸」「時代の影」の章によって構成されており、賢治の触覚した世界がいかに広大であるかを示している。それらを総称するなら、「イーハトヴ学」がもっともふさわしいといわねばなるまい。

このような在り方をする表現者は、少なくとも近代以降は、宮沢賢治のほかに見当たらない。したがって、各分野から賢治研究者がつぎつぎに出現し、研究に研究を重ねているが、それでも謎はのこりつづけている。

賢治研究分野のみならず、他の分野にも関心を持つ人は多くなり、斬新な賢治像の提出されることも少なくない。近年、刊行された単行本のなかから、数冊紹介してみたい。

『言葉の流星群』池澤夏樹（角川書店　二〇〇三年）
『宮沢賢治の世界』吉本隆明（筑摩書房　二〇一二年）
『宮沢賢治の真実　修羅を生きた詩人』今野勉（新潮社　二〇一七年）

『銀河鉄道の父』門井慶喜（講談社　二〇一七年）

『サガレン　樺太／サハリン境界を旅する』梯(かけはし)久美子（角川書店　二〇二〇年）

池澤夏樹は小説家であり、『静かな大地』のスケールの大きい作品で知られる。『言葉の流星群』では、賢治詩の世界を対象に考察している。

吉本隆明は「思想の巨人」とさえいわれる著名な思想家・詩人だが、若い時代から賢治への関心は深く、『宮沢賢治の世界』にも、晩年までの発言が収録されている（二〇一二年三月没）。

今野勉は、演出・脚本部門で活躍してきた人だが、賢治の文語詩でも特に難解な、

猥（な）れて嘲笑(あざ)めるはた寒き、凶つのまみをはらはんと
かへさまた経るしろあとの、天は遷ろふ火の鱗。

つめたき西の風きたり、あららにひとの秘呪とりて、
粟の垂穂をうちみだし、すすきを紅く耀(かゞ)やかす。

（（　）のルビは引用者）

を目の前に据えて、その解読に四〇〇ページも費やした快作である。

推理作家の門井慶喜は、賢治と父親政次郎の関係に焦点を当てつつ、政次郎のほうに重点をおいて一冊にまとめた。この観点は、思いのほかに新しく、第一五八回直木賞も受賞している。

梯久美子はノンフィクション作家。樺太、サハリン、サガレンと呼称されてきた北方の地を旅

しつつ、第二部「「賢治の樺太」をゆく」で、妹トシ亡きあとの賢治の足取りをたどっていく。青森から海峡をわたるときと、ふたたび帰途についたときの、賢治の微妙な変化をとらえていくところは、特に読みごたえがある。

以上、近年刊行された宮沢賢治に関わる単行本を数冊あげてみた。賢治研究分野でなく、他分野の人の例をあげたのは、つぎのような理由による。賢治研究分野では、毎年のように研究書、研究論文が出ており、微細な点へも目がこらされている。これだけ関心を向けられる表現者は、おそらく他にいない。そして肝心なことは、研究分野とはいえない人のなかにも、長年にわたって賢治を意識し、ついには自分の著作のテーマにする人が何人もいる。文学だけでなく、音楽・映像・演劇・アニメなどの分野にも、出ている。そのような実例の一端を示すために、他分野の人の、すぐれた著作を近作にしぼってあげてみた。

以上、宮沢賢治の全体像を粗描したうえで、グーグルマップにたとえるなら、地球からアジアへ、アジアから日本へ、日本から花巻へ、花巻から賢治へ、賢治の総表現から文学へ、文学から短歌へと焦点をしぼっていきたい。短歌表現が単独で在りつづけたのでなく、他の分野と関わり合いつづけたのだから、総体のなかの短歌を視野に入れるのは、とりわけ賢治の短歌を読んでいくときは欠かせないことである。

最初、宮沢賢治は詩人・童話作家として、広く知られるようになる。その後、農業の指導者としても、「四次元」の思索者としても高名になっていく。それら賢治の在り方は、いきなり生じたわけではない。幼少年期にいくつかの芽があったとはいうものの、はっきりしたきざしは少年から青年に変わる途上の、賢治のことばでいえば「アドレッセンス期」にはじまる。この時期にさしかかった賢治は、最初の自己表現をはじめた。その表現手段はなんだったかといえば、短歌形式である。

　自己表現の出発が短歌というなら、詩や童話と並んで評価されてもいいはずなのに、そうはならなかった。理由については徐々に説明していくが、とりあえず、短歌が自己表現の出発点だっただけでなく、生涯の最後をしめくくる形式でもあったことは、記憶しておきたい。創元文庫版『宮澤賢治歌集』が出たのは、昭和二七（一九五二）年のこと。「解説」を担当したのは、賢治とも親交のあった盛岡の詩人・作家森荘已池（もりそういち）。そのなかで彼は、「賢治の文学的活動が、短歌にはじまつて、短歌にをはつたといふことは、なかなか興味のふかいことだと思ふ。」と明記している。すなわち、盛岡中学入学を機に作歌をはじめ、やがては詩や童話へと移行していくが、最晩年に「絶筆」としてのこしたのは、つぎの二首だったのだ。

方十里稗貫のみかも
稲熟れてみ祭三日
そらはれわたる

病（いたつき）のゆゑにもくちん
いのちなり

みのりに棄てば
うれしからまし

表現領域が詩や童話へと傾斜していったものの、短歌形式もまた最期まで潜在しつづけたことを示している。

それならば、賢治がのこしていった歌数はどれぐらいになるのだろうか。おおよそのところ、九百余首とされている。なぜこのようにあいまいな数になっているかといえば、歌集としてまとめることをせず、「歌稿」がのこっているだけだからだ。現在、全集には「歌稿〔A〕」「歌稿〔B〕」としてまとめられている。この名称は賢治自身がつけたのでなく、全集の編纂者によるものであり、以後通称になっている。

どのようにちがうかといえば、まず、賢治が中学時代以後に綴ったノートや原稿のたぐいがあったと想定される（残念ながら現存していない）。それをもとに、妹トシが一行書に浄書した（後半は、次妹シゲと本人も浄書している）。さらに賢治自身が多行書きに転写した、べつの歌稿も存在する。つまり歌稿としては二種類あるので、前者を歌稿〔A〕、後者を歌稿〔B〕と呼称することになった。

ところが、賢治は歌稿〔A〕にも歌稿〔B〕にも手入れをほどこしており、また「歌稿」に入れなかった作品も存在する。そのため、数をはっきりと定めることができず、九百余首と幅のあるいいかたをしてきた。

歌稿〔A〕、歌稿〔B〕と呼称される以前から、短歌作品はわりあい早くに公開されてきた。

森荘已池校註の『宮澤賢治歌集』もその一つで、彼の付した「解説」は、賢治短歌論として最初の本格的なものでもある。

だのに、詩や童話ほどには評価されず、他のジャンルへ移行する以前の、習作と見なされることが多かった。なぜ、そういう扱いをされてきたのかといえば、作品が従来の短歌観ではすくい切れない要素があまりにも多かったからだ。岡井隆も、若い日に読んだ印象を、つぎのように書いている。

宮沢賢治の短歌をよむたびに、わたしは不思議なものをみせられた時の当惑をおぼえるのである。日本書院から昭和二十一年に出た（という）『宮沢賢治歌集』をわたしは昔よんだ。わたしはその時、ほとんどあきれはててしまったのをおぼえている。あの、すぐれた詩人、童話作家、そして農学技師としての実践家の賢治が、こんなつまらない歌人だったとは！

（「宮沢賢治短歌考」『文語詩人 宮沢賢治』筑摩書房所収）

日本書院版の刊行は、昭和二十一（一九四六）年二月、岡井隆の生誕は昭和三（一九二八）年一月だから、十八歳のときに読んだことになる。前衛歌人の旗手といわれる以前の、旧来の短歌観を持っていた時期である。「あきれはててしまった」という感想を持たざるをえなかったのも、そのことと関連している。のちの岡井隆は、短歌のみならず文語詩にも関心を持ちつづけ、ついには『文語詩人 宮沢賢治』一冊を刊行するにいたった。

岡井隆のみならず、賢治の短歌をまえにしてとまどう人は多かった。むしろ、そのほうが大勢だったから、詩や童話に入る以前の習作、あるいは若書きとして扱われ、短歌史にきちんと位置づけられることもないまま、近年にいたっている。

だが、九百余首の作品数は、習作というにはあまりに多い。歌集でいえば二冊の分量に相当する。しかも、青年賢治は、唯一の自己表現の手段として、本気で作りつづけた。それらの多くは、従来の短歌観からはみ出しており、したがって「賢治の短歌」でも「賢治による短歌」でもなく、〈賢治短歌〉としかいいようのない特性を潜在させている（以下、煩雑をさけるため〈賢治短歌〉を賢治短歌と表記していく）。

それら賢治短歌の数々を、従来の短歌観から解き放たれて新しい目で見ていくと、さまざまな謎とともに、不可思議な魅力も秘蔵させていることがわかってくる。その実相に、一歩でも二歩でも迫ってみたい。

主なテキストとしては、ちくま文庫版『宮沢賢治全集 3』を使う。この文庫版では、〔B〕の最終掲載を原則としている。〔A〕をもとに手入れしたのが〔B〕だから、このほうに賢治自身の意思がより強く反映されている。ただし〔A〕に収録されていた貴重な連作〔青びとのながれ〕が、なぜか〔B〕になって全文削除されている。このような謎は、他の作品の場合にもある。したがって、歌稿〔B〕を基本的なテキストとしながら、必要に応じて歌稿〔A〕にも、また歌稿以外にも目を配ることにする。

賢治の短歌制作期間を概観すると、次の四期に分けられる。まず、それぞれの期にそって特徴を粗描し、最後の章で、現代の短歌とのかかわりの有無も考えてみたい。

〔第一期〕　盛岡中学校時代

十三歳のとき、岩手県花巻町の生家を離れ、県立盛岡中学校へ入学。寄宿舎生活に入り、最初の自己表現として短歌制作をはじめる。

〔第二期〕　盛岡中学校卒業から盛岡高等農林学校入学まで

十八歳で中学校は卒業したものの、家業を継ぐ気にはなれない。四月には、盛岡岩手病院に入院し、鼻炎の手術。退院後も進路が定まらず、懊悩状態におちいる。この間の心境は、短歌に生々しく表現される。

〔第三期〕　盛岡高等農林学校時代

賢治の状態を見かねた父政次郎は、盛岡高等農林学校の受験を許可。勉学への意欲をとりもどし、首席入学する。同人誌「アザリア」を中心とした交友もはじまる。ことに保阪嘉内（ほさかかない）とは親しく交わるようになる。最も青春を謳歌した時代。

〔第四期〕　盛岡高等農林学校卒業以後

卒業間際に、保阪嘉内の学籍除名処分を知り、強い衝撃を受ける。研究生として各地の土性調査に従事するが、肋膜に異変が見つかる。日本女子大学に在学中の妹トシの入院の知らせに、上京して看護にあたる。この間、就くべき職業を画策するが、父の承諾するところとならず、トシとともに帰花。病後のトシは西鉛温泉で湯治。そのときに賢治歌稿の浄書を手伝う。賢治は将来の進路をめぐって、再度父と対立。信仰をめぐる対立も重なり、ついに東京の国柱会を頼って家出。主たる短歌表現も終焉を迎え、童話・詩へと移行していく。

二　盛岡中学校時代の歌稿

賢治が花城尋常高等小学校を卒業し、県立盛岡中学校に入学したのは、明治四十二（一九〇九）年四月、十三歳のときである。小学校時代には、「石コ賢さん」と呼ばれるほどに鉱物採集に熱中し、一風変わったところはあったものの、卒業時には優等賞、精勤賞を授与される模範生だった。

当時は勉学良好と家庭経済の条件がそろえば、県下でも随一の名門盛岡中学校への進学をめざす習いがあった。賢治も、それを実現したわけである。歌稿〔B〕冒頭も、入学準備のために父親と盛岡へ行ったことにはじまる。

中の字の徽章を買ふとつれだちてなまあたたかき風に出でたり（0a1　以下、作品番号は「ちくま文庫」版『宮沢賢治全集 3』に従うが、それにないときは『〔新〕校本宮澤賢治全集』第一巻による。）

父よ父よなどて舎監の前にしてかのとき銀の時計を捲きし（0b1）

など、〔明治四十二年四月より〕と題された連作を、冒頭に置いている。ただしこれらは入学時に制作されたものではなく、歌稿〔A〕をもとにして〔B〕を編むとき、自伝性を持たせるため、新たに加えたものと推定されている。賢治の文学への開眼自体は、もう少しあとになる。入学とともに、寄宿舎へ入寮する。寄宿舎名は、自彊寮（じきょうりょう）といい、一部屋六人の共同生活。新入生は、賢治のほかにもう一人、藤原健次郎がいた。ずっとおなじメンバーではなく、学期ごとに入れ替えする方式になっている。寮には監督役の舎監もおり、こちらも替わっていく。

このように、家を離れて同年代と共同生活をはじめたことは、賢治に大きな変化をもたらしていく。はじめのころはゆるやかに、しかし徐々に目にも見えるかたちで。

岩手山登山によって行動の幅を広げ、松島・仙台方面の修学旅行によって世の広さを知っていくなどは、プラス面の変化だ（太平洋もこのときに初めて見た）。

しかし他方では、勉学意欲がしだいに衰退し、教師への反抗心もつのらせていく。大正二（一九一三）年の三学期になると、新舎監排斥騒動の首謀者の一人になり、四、五年生全員が退寮処分をくらう。賢治もそのなかの一人である。献身的な農業指導者、「雨ニモマケズ」の詩人という賢治像を持っていた人は、これらの実像を知ると、ことごとくに面食らう。

当時の心境は、書簡によくあらわれている。藤原健次郎にあてた封書の一部を引用してみる。

君の今度の成績はどうだぁね

僕は百番近く、まづ操行丙。体操丙。博物丙。算術丙。歴史丁。といふあんばいだね。
舎監諸氏の信用も何もないね。チュケァン。奴。来学期は生しておかない。
なますにして食ってしまはなくっちゃぁ腹の虫が気がすまねえだ。

（一九一〇年九月一九日付）

「チュケァン」とは、体操教師佐々木経造のニックネーム。体操の苦手な賢治は、この教師に対して苦手意識があった。気心を許し合う同士のふざけ気分はあるにしても、教師に対する反抗心、ふてくされた態度はなまなましく伝わってくる（なお藤原健次郎は、この書簡を送った月末に、チフスで急死する。同年代の死去は、賢治にとってかなりの衝撃だった）。

賢治に生じた大きな変化には、つぎのこともある。生れ落ちて以来、自然のこととして疑いもしなかった家族、とりわけ父子の係累から、はじめて解き放たれたことだ。それは、自分自身の内面に目覚めることにも通じていく。

もっとも、賢治の生涯を見わたせば、父親政次郎から離脱しようとしてあがきつつ、どうしても離脱しきれない不完全さを負いつづけている。だが、少なくとも盛岡中学校入学時点では自分だけの内面、すなわち自我の目覚めを体験し、やがては自分を抑えつける大人社会への反抗心も呼び起こすことになる。目下の大人社会は教師であり、舎監だったから、彼らへの対立感情をたぎらせていった。

ほぼ同時進行で、ことばによる表現にも開眼していく。それが短歌表現だった。なぜ詩でも小説でもなく短歌だったかといえば、短詩型文学のほうが入りやすかったばかりでなく、当時の短歌界が力動性に充ちていたことも影響している。

当時刊行された、主な歌集をあげてみる。

〈明治四十三（一九一〇）年〉

若山牧水（わかやまぼくすい）『独り歌へる』　前田夕暮（まえだゆうぐれ）『収穫』　与謝野鉄幹（よさのてっかん）『相聞（あいぎこえ）』

土岐善麿（ときぜんまろ）（哀果）『NAKIWARAI』　吉井勇（よしいいさむ）『酒ほがひ』　石川啄木『一握の砂』

〈明治四十四（一九一一）年〉

若山牧水『路上』

〈明治四十五・大正元（一九一二）年〉

与謝野晶子（よさのあきこ）『青海波』　石川啄木『悲しき玩具』　若山牧水『死か芸術か』

〈大正二（一九一三）年〉

北原白秋（きたはらはくしゅう）『桐の花』　原阿佐緒（はらあさお）『涙痕』　斎藤茂吉（さいとうもきち）『赤光』

短歌史からしても、黄金期である。賢治がこれら歌集の何冊を手にしたかはわからないが、石川啄木の『一握の砂』は読んでいる。啄木は盛岡中学校中退者だが、自分たちの先輩にあたる。すでに若き詩人として知られており、さらに世評高い歌集を出したのだから、在校生にとっては大きな誇りだ。そのうえ、「こういう歌なら自分にも作れそうだ」という気にさせるのが啄木短歌だ。賢治もまた、日記代わりにノートしはじめる。これが、歌作の出発である。

それでは、最初期の作品は、どういうものだったろうか。「明治四十四年一月より」の作品群は、十四歳のときのもの。勉学への意欲は衰え、教師に対する反抗心もつのらせていくが、岩手山登山に熱中しはじめた時期にあたる。

み裾野は雲低く垂れすゞらんの
白き花咲き　はなち駒あり（1）

這ひ松の雲につらなる山上の
たひらにそらよいま白み行く（2）

これらは、岩手山登山を素材にしている。早暁に登山を開始したのだろう、広大な裾野にはいまだ雲があり、そのなかにスズランの花が白く見える、馬たちも放牧されているという景色を、ほぼ写実の手法で描いている。「み裾野」といういい方には、旧派短歌の匂いさえあって、特段の個性は感じられない。

二首目も、技法のうえではほとんど瑕疵（かし）はないものの、これといった新しさはない。

他方、明らかに啄木の歌に影響された作品もある。

小岩井の育牛長の一人子と
この一冬は机ならぶる（4b5）

そらいろのへびを見しこそかなしけれ
学校の春の遠足なりしが（17）

これらからして、つぎのようなことがわかる。賢治は、啄木の歌に接することによって、生活の身近に歌材のあることを知り、啄木調の作品を作る一方、これまでの教養として身につけていた和歌のイメージも再現しようとしたのだと。賢治の時代の教養には、古文があり、漢文もあった。つまり文語脈が根強くつづいていた。その文語脈が口語脈へと移行する、ちょうど峠にさしかかったのが賢治の時代である。啄木の出現は、口語脈へ移ろうとする点で新しく、したがってことに若い世代の共感を呼んだが、じっさいに自分で作る段になると和歌的な要素も呼び起こしてしまう。これらの両面性を、賢治歌稿の最初期にうかがい知ることができる。

しかし、それからほどなく、文語脈・和歌脈では律しきれない、かといって啄木調ともまるでちがう奇妙な作品が生まれはじめる。

あはれ見よ月光うつる山の雪は
若き貴人の死蠟に似ずや（22）

肺病める邪教の家に夏は来ぬ
ガラスの盤に赤き魚居て（23）

白きそらは一すぢごとにわが髪を／引くこゝちにてせまり来りぬ（26）

黒板は赤き傷受け雲垂れてうすくらき日をすすり泣くなり（32）

これらには、北原白秋の影響を認めることができる。特に「邪教の家」とか「赤き魚」などは、『邪宗門』から拝借してきたといってもいいほどだ。

そもそも賢治は啄木に触発されて歌作をはじめたものの、感性の点では白秋に近い。白秋には樺太紀行文集『フレップ・トリップ』があり、移動しながら、感性にまかせてつぎつぎに描写する手法をくり返している。賢治の長詩「小岩井農場」を読んでいると、その世界が重なり合うほどだ。

それなら、白秋と賢治は共通性を保ちつづけたのかといえば、そうではなかった。一首目は、月光に明るむ雪山を詠んでいる。それ自体は審美的であり、「若き貴人の死蠟」もいかにも『邪宗門』的なのだが、このような嗜虐的要素は賢治の内部に、ほとんど素質として眠っていたものだ。その面が、白秋によって呼び覚まされたといえるが、賢治の場合は、審美にとどまらぬ、のちに〈修羅〉と名づけるほかない底深いものだった。

盛岡中学校時代をまとめると、つぎのようになる。

これまで育った家を離れ、親子関係からも距離をおくことになった。そのことは、自己空間を持つことにつながり、同時に、自分でも得体の知れない内面を発見することともなった。得体の知れなさにことばを与えようとしたとき、短歌形式のあることを知る。さっそくノートに綴りはじめるが、最初は啄木調と和歌調の入り混じったものとなる。さらに白秋にも触発されて『邪宗門』的な歌を作っていくうちに、自分の奥深いところに眠りつづけていた得体の知れない「あるもの」に気づく。この「あるもの」を先行させて作歌していったところに、従来の短歌観にはまりきれない作品群、すなわち賢治短歌は生まれていく。

この傾向がさらにはっきりするのは、つぎの段階へ移ってからである。

三　盛岡中学校卒業から盛岡高等農林学校入学までの歌稿

宮沢賢治の生涯を俯瞰すると、懊悩をつのらせた末に、ほとんど自暴自棄になった時期が二回ある。

一回目は、中学校を卒業したのち、将来の進路も決まらないまま入院・手術した時期。もう一回が、盛岡高等農林学校を卒業したのち、妹トシの看病で上京、やがて帰花した時期。

この二回のうち、短歌表現と直結するのは、一回目のほうだ。背景をもう少し詳しく見ていく。まず大正三（一九一四）年三月に、盛岡中学校をなんとか卒業する。「なんとか」というのは、勉学への意欲を失った結果として、当然のごとく成績は芳しくなく、生活態度もほめられる状態ではなかったからだ。短歌制作はつづけていたが、交友会雑誌に発表することもなく、学友にも教師にも、印象らしきものをのこさないまま、卒業期を迎えてしまう。

卒業とともに、同級生の多くは上級学校を目指したり、志ある進路に就いたりする。

ところが賢治は、以前から不調だった肥厚性鼻炎の手術をすることになり、岩手病院に入院する。しかも手術後の発熱がなかなか引かず、頭痛も出たりして、快癒状態とは遠い日々を送らざるをえない。
この時期の作品群が「大正三年四月」である。

検温器の
青びかりの水銀
はてもなくのぼり行くとき
目をつむれり　われ（80）

朝の廊下
ふらめき行けば
目は痛し
木々のみどりとそらのひかりに（84）

学校の
志望はすてん
木々のみどり
弱きまなこにしみるころかな（86）

手術後、高熱が出て、パラチフスの疑いも持たれた。一首目の「はてもなくのぼり行くとき」とは、そのことをさしている。

二首目は、熱のあるまま病廊を歩いたときを詠む。四月だから新緑の季節だ。木々の緑も、空の光も、本来なら清新そのものの景物なのに、病ある目には痛みを覚えるほどのまばゆさだ。

三首目は、同級生たちがそれぞれの道へと巣立って行くのに、自分は身動きもとれない、進学の志望は捨て去ろうという断念を表わす。歌稿〔A〕の段階では、「志望はすてん」が「志望はすてぬ」となっている。「すてぬ」の場合は、捨てた、捨ててしまったという意味だから、過去の意味合いが強い。それに対して「すてん」は、捨てよう、捨ててしまおうという意志性と現在性が出る。

これらの作品は、従来の短歌観にあてはまるから、解釈も容易にできる。一首の歌の主人公は作者自身、すなわち一人の〈私〉であり、その情を五七五七七の韻律にのせて叙べるというのが、これまで考えられてきた短歌の基本だ。引用歌三首は、この構造をそなえているからわかりやすく、ことさら賢治短歌とくくる必要もない。

ところがこれらに混在して、つぎのような歌もある。

ゆがみひがみ
窓にかかれる赭こげの月
われひとりねむらず

げにものがなし（９０）

ちばしれる
ゆみはりの月
わが窓に
まよなかきたりて口をゆがむる（９４）

病床についたまま、夜を迎えるが、なかなか眠ることができない。窓の外には赤みを帯びた月がかかっている。そのような情景を描いた作品であり、「げにものがなし」も、落ちこんだ自分自身の率直な感情だ。構造としては既成の短歌観にそっており、なんの問題もないはずなのだが、「ゆがみひがみ／窓にかかれる赭こげの月」が、奇妙な印象を与える。「ゆがみひがみ」が、自分の感情の比喩的表現、すなわち擬人法だととればいいようなものだが、人の動作に見立てたという以上のなにかがある。

このような印象は、どこから来るのだろうか。それは「ゆがみひがみ」が比喩的なものでなく、したがって擬人法でもなく、月自身の表情そのものとして描かれていることに発する。

二首目になると、さらにはっきりする。「まよなかきたりて口をゆがむる」は、賢治の鬱情の反映という域をこえて、月そのものの仕種になっている。

もう一度確認するが、従来の短歌観は、作品の背後に一人の〈私〉がおり、その〈私〉が情を叙べることを基本としていた。ところがこれらの作品には、何度読んでも奇妙な印象がのこる。それは基本をはみ出していることに起因すると、わかってきた。おなじ要素は、中学校時代の歌稿にもすでに散見されていたが、病床詠になってかなり明確になってきた。

もう一点、この期になって突出した要素がある。やっと退院したものの、頭の重さはつづき、幻覚さえ浮かぶ時期の作品をあげてみる。

わがあたま
ときどきわれに
ことなれる
つめたき天を見しむることあり（１３４）

あたま重き
ひるはさびしく
錫いろの
魚の目球をきりひらきたり（１４７）

ものはみな
さかだちをせよ

そらはかく
曇りてわれの脳はいためる（167）

これらはシュールレアリスム、すなわち超現実主義を模しているようだが、賢治の基本は、自分で見たもの、触覚したものを表現することにある。それをやがては、「心象スケッチ」と名づけることになる。どんなに非日常的な場面が展開されているようでも、虚構とか技法によるのでなく、「ほんたうにもう、どうしてもこんなことがあるやうでしかたがないといふこと」（『注文の多い料理店』序）をもとにしている。

それだけに、これらの歌を作ったときの賢治が、いかに危うい淵に立っているかがわかる。「錫いろの／魚の目球をきりひらきたり」これと同類の、嗜虐的ですらある異常感覚は、ほかの歌にも何度となく出てくる。病後の不調のなかで、ほとんどノイローゼ状態になったときに触覚されたものだが、その下地は賢治内部にすでに潜伏していて、入院や病後がきっかけとなって噴出したと考えられる。

宮沢賢治が現在のように、幅広い世代の読者を得るようになった理由に立ち返ってみたい。もし彼が詩領域だけの人だったなら、作品がいかに高度だったとしても、多くの読者を得るにはいたらなかった。童話・少年小説のあることによって、読者層を広げたといえる。

ところが当の読者には、童話世界から入門したにもかかわらず、得体の知れない畏怖感を覚えたという人が少なくない。

私自身もそうだった。賢治世界にはじめて触れたのは、小学六年生のときの映画教室。上映されたのは、「風の又三郎」(「児童名作映画　風の又三郎」島耕二監督　昭和十五年製作)。そのなかに、子どもたちが放牧場で遊んでいて、嘉助だけがはぐれてしまう場面がある。原作を引用してみる。

空が光ってキインキインと鳴ってゐます。それからすぐ眼の前の霧の中に、家の形の大きな黒いものがあらはれました。嘉助はしばらく自分の眼を疑って立ちどまってゐましたが、やはりどうしても家らしかったので、こはごはもっと近寄って見ますと、それは冷たい大きな黒い岩でした。

ここにはじまり、又三郎の出現するシーンには、いうにいわれぬ怖さを覚え、以後ずい分長く刻印されつづけてきた。

のちに賢治作品を読みこむようになって知るのは、得体の知れない畏怖感が詩にも童話にも潜んでいること、それがあるきっかけによって、腐肉を引き裂くほどの禍々しさとして引き出されることだった。

この最初の出現が、「大正三年四月」だとわかったのも、歌稿を精読するようになってからだ。以後も、連作〔青びとのながれ〕を引き寄せ、詩においては「春と修羅」の修羅となり、そして童話では「水仙月の四日」の雪婆んごともなっていく。

この章の最後に、もう一首とりあげておきたい。

対岸に
人、石をつむ
人、石を
積めどさびしき
水銀の川（153）

歌稿〔A〕をもとに〔B〕をまとめるとき、これまでの一行書きを二行から六行までに表記しなおしている。多行書きをはじめるのは、啄木に触発されたからだが、『一握の砂』も『悲しき玩具』も三行書きに限定されている。賢治の場合はさらに多彩になり、六行書きまで幅を広げている。ただし、全てが成功しているわけではない。

そういうなかで「対岸に――」は成功例であり、「人、石をつむ」「人、石を」と、「、」をまじえつつ表現することによって、川向こうで工事をしている工夫たちの単調なリズムが、よく描きとられている。さらに読みこめば、護岸工事の単なる写生でなく、懊悩と狂気すれすれの境界に置かれた状態で、ほとんど喪志のまま作品化されていることも伝わってくる。

中学卒業後の賢治は、入院・病後生活を余儀なくされ、前途への希望も見いだせないまま、精神衰弱状態におちいる。そのなかで異常な幻視を体験し、自分に潜在していた〈修羅〉に通う要素を呼び覚ましていく。「大正三年四月」の歌稿はこのような状態を背後にして制作された。賢治には、もう一度深刻な自暴自棄の時期がある。しかしそのときは、主たる短歌制作を終わり、他の分野へと移行しつつあった。

四　盛岡高等農林学校時代の歌稿

退院後の賢治は、心ならずも家業の見習いをしていたが、いよいよノイローゼ状態をつのらせていく。その姿をかたわらにしていた政次郎は、ついに本人の希望していた盛岡高等農林学校の受験を許す。すると急に勉学意欲が復活し、勉学に打ちこむようになる。

ちょうどおなじ時期に、政次郎に送られてきた島地大等編著『漢和対照 妙法蓮華経』を賢治も読んで、大いに共鳴するところがあった。そのとき政次郎は、まさか信仰の対立にまで発展するとは思いもしない。勉学さえきちんとやるのなら、仏教に関心を持つのも悪くないぐらいの気持ちだった。

大正四（一九一五）年一月には、盛岡の北山にある寺院に下宿して受験勉強にはげむ。その結果、盛岡高等農林学校（現、岩手大学農学部）に首席で合格し、学業にも、学友との活動にも力を入れはじめる。この変化におどろいたのは、父親であり、家族全体でもある。各地の地質調査に積極的に参加し、夏季には上京して「独逸語夏期講習会」にも参加する。

これら最も青春を謳歌した時期の作品は、

「大正四年四月」　二九首
「大正五年三月より」　八四首
「大正五年七月」　三六首
「大正五年十月より」　六三首
「大正六年一月」　二一首
「大正六年四月」　四二首
「大正六年五月」　四五首
「大正六年七月より」　一一一首

としてまとめられる。多作であるばかりでなく、感性も縦横に展開されており、さまざまな実験作・連作のこころみもはじまる。

今までは、ごく一部の学友にしか見せてこなかった短歌を、「校友会々報」に掲載するようになること、同人誌「アザリア」の一員として積極的に活動しはじめることも、大きな変化である。

ふくよかに
わか葉いきづき
あけのほし
のぼるがまゝに鳥もさめたり（247）

白樺の
かゞやく幹を剝ぎしかば
みどりの傷はうるほひ出でぬ（322）

この丘の
いかりはわれも知りたれど
さあらぬさまに　草穂つみ行く（337）

一首目の舞台は、春先の岩手山麓。明けの星の動きにつれて鳥のさえずりも聞こえはじめたという、早暁の自然をとらえる。「ふくよかに／わか葉いきづき」の出だしからして、自分と自然の同体化した息づかいが感じられる。

二首目は、白樺の幹を剝いだら、緑色の傷に樹液がにじんできたことを詠む。中学卒業後の鬱状態のなかだったなら、剝ぐ行為も、傷からにじみ出る汁も、嗜虐的にとらえられたにちがいなかった。しかしここでは、白樺のすべてが清新な感覚で描きとられている。

三首目には、「沼森」の小題がある。沼森とは、岩手山の南東にある標高五八二メートルの山。この作品で注目すべきは、「いかりはわれも知りたれど」だ。なぜ、怒ったか。夜明けのまえなので、まだ黒い塊となっていたのかもしれない。あるいは曇天のため、晴れやらぬ状態に映ったのかもしれない。いずれにしても、「黒い塊」のような、「晴れやらぬ状態」のようなという比喩表現でなく、黒森そのものが怒っているととらえられている。おなじ表現は、すでに「ちばしれる／ゆみはりの月／わが窓に／まよなかきたりて口をゆがむる」（94）に見たとおりだ。短歌の背後にいるはずの〈私〉が後方に退き、月そのものが主体になっていた。この丘の場合も、作者の心境を反映した「いかり」ではない。「さあらぬさまに　草穂つみ行く」とは、怒れる丘をそのまま自立させておき、それとは別存在の自分が草穂をつみながら通って行くというのだ。つまり、丘と自分は、同格なのである。

このような傾向の作品が、急速に増えてゆく。

この坂は霧のなかより
おほいなる
舌のごとくにあらはれにけり（346）

さだめなく
鳥はよぎりぬ
うたがひの
鳥はよぎりぬ
あけがたの窓（368）

オリオンは
西に移りてさかだちし
ほのぼののぼるまだきのいのり（409）

どの作品にもおなじことがいえる。一人の〈私〉が作品の背後にいて、五七五七七の形式を使って叙情する、すなわち情を叙べることを基本としてきた短歌から、これらは奇妙にずれている。「なぜ、こういうことになったのか」という問いに立ったとき、私たちは賢治短歌の謎にまともに対面したことになる。その「なぜ」に対する、一番明快な解答は、「自分の表現欲求に従い、それ以外ではなかった」ということだ。

もし賢治が短歌の結社やグループと交渉があったとしたなら、「こういうのは短歌じゃない」と批評以前の扱いをされた確率は九〇パーセントある。幸か不幸か、当時の短歌界との交渉はなく、歌会に出ることもなかったため、排除体験を持つことはなかった。

ただし、他者との交流がまったくなかったわけではない。「アザリア」同人との濃密な触れ合いが出てきた。「アザリア」は、作品発表の場とともに、相互批評の場でもあった。同人として参加することにより、これまでの密室作業から一気に幅が広がり、表現欲求も高まる。その勢いが、〔ひのきの歌〕などの連作へと、賢治を押し上げて行く。

「アザリア」とは、賢治が第三学年のとき、盛岡高等農林学校内で起ち上げられた文芸同人誌だ。同人誌といっても、謄写版刷りで、同人に配布する程度の簡素なものだ。タイトルは、西洋つつじ、すなわちアザリアからとっており、当時学校内の植物園に植えられたばかりの花から命名。若さと、浪漫性をこの一語にこめようとした。

同人は農学科・獣医学科・林学科に在学する、いわば理系のなかの文芸好きの十二名だった。このなかで中心となったのは、小菅健吉（こすげけんきち）・保阪嘉内・河本義行（かわもとよしかず）そして宮沢賢治である。第一号の発行は大正六（一九一七）年七月一日で、第六号までつづいた。

この同人誌を舞台に、賢治はつぎつぎと短歌作品を発表していく。連作の主な題をあげてみる。

「みふゆのひのき」（第一号）　一二首
「ちゃんがちゃがうまこ」（同）　八首
「夜のそらにふとあらはれて」（第二号）　八首
「心と物象」（第三号）　九首
「種山ヶ原」（同）　四首
「原体剣舞（バヒ）連」（同）　三首

短歌ばかりではない、「「旅人のはなし」から」（第一号）、「復活の前」（第五号）などの散文も書く。

その国の広い事、人民の富んでゐる事、この国には生存競争などゝ申す様なつまらない競争もなく労働者対資本家などゝいふ様な頭の病める問題もなく総てが楽しみ総てが悦び総てが真であり善である国でありました、決して喜びなから（ママ）心の底で悲む様な変な人も居ませんでした、

「「旅人のはなし」から」では、旅人の話として、こういうことも語らせている。これまでの賢治からは考えられない、「労働者対資本家」といった語彙も出てくる。社会的視野の広がってきたことを示しているが、理論にも長けていた保阪嘉内からの影響が、特にあったと思われる。このような変化は、歌作にも連動していく。五七五七七の形式に狭さを感じ、数首からなる連作へ自分を押し広げようとしはじめる。

連作については次の章でとりあげることにして、もう一点特記すべきことをあげておきたい。それは「アザリア」の活動を通じて、はじめて他者による批評を得たことだ。

第二号に、「洋躑躅(アザリア)会小集第一回」という報告文がある。第一号を刊行したのち、同人が集まって合評会を開く。その時、作品を互選し、テーブルスピーチもやったという。河本・潮田・小菅の三名が高点に入った。賢治は、高点者からもれる。だのに気を落としたというわけでもなく、閉会後、小菅・宮沢・保阪・河本の四名は雫石へ向かう。「会開(ママ)会後、雫石に旅行する馬鹿者もあった」というジョークをまじえた報告は、この夜間歩行をさす。賢治の短篇「秋田街道」も、ここから生まれている。賢治にとっては、他者による選別に出会った最初の体験である。

もう一つ、注目すべき評に第三号の「あざりやに表れたセンチメンタリズム」がある。執筆者名は「○○生」とあるが、その書きぶりからして河本義行だと見られている。

河本は、第二号の宮沢賢治「夜のそらにふとあらはれて」八首、保阪嘉内「大空がまったく晴れておそろしや」三二首などをとりあげて、高く評価する。

作者二氏は極めて異常な神茎と感情の所有者である。二氏の神圣は著しく病的で、痩せて、尖ってゐる。病める二氏の神圣が鈍銀の空に顫える。而して、そこに二氏の真実があるのである。二氏の歌は悉くこのたえがたき疾患から逃れんとする祈禱そのものである。そこに真実があるのである。

この執筆者河本義行は、「緑石」の俳号で、骨格のある句を作る人でもあった。評の対象にした賢治の作品で、歌稿〔B〕に収録されているのは「大正六年七月より」の、

よるのそら
ふとあらはれて
かなしきは
とこやのみせのだんだらの棒（541）

夜をこめて
七つ森まできたるとき
はやあけぞらに草穂うかべり（542）

川べりの
石垣のまひるまどろめば
夜よりの鳥なほ啼きやまず（543）

などの作品だ。河本は、ふつうの歌と比べたら風変わりであること、神経が病的で、痩せて、尖っていることを感知している。しかしそれを欠点と見なさず、むしろ「真実」、つまり作者内部からやむにやまれず出てきた要素であると受けとめた。

盛岡高等農林学校時代に入ってから、かつて頻出した病的な要素はかなり減っていた。だが得体の知れない、ある禍々しいもの、おどろおどろしいものが、依然として潜んでいるのはたしかだ。河本は、そこを見逃さなかった。それればかりか、短歌の基本を逸脱しているかどうかについては問題にせず、作り手の「真実」をとらえ、「たえがたき疾患から逃れんとする祈禱そのもの」とさえ評した。

河本義行の賢治評は、印象批評にとどまらず、作品内部まで読みこんだものとして、最初のものだ。しかも賢治に潜む重要な要素を、他者としての目でしかととらえた点でも、特記に値する。

五　盛岡高等農林学校卒業以後の歌稿

宮沢賢治が盛岡高等農林学校を卒業するのは、大正七（一九一八）年の三月。卒業後の進路をめぐって、ふたたび父親と対立しはじめる。それればかりか徴兵検査の時期になり、出兵問題をめぐって意見がすれちがう。信仰問題においても、政次郎との議論は激化するばかりだ。

結局、徴兵検査のほうは第二乙種で兵役免除になる。当時は、シベリア出兵が具体化していたから、合格していれば召集の可能性があった。賢治はむしろ出兵に前向きだったが、兵士としての賢治像を思い描くのは難しい。

これらの動向とはべつに、思いがけない事態が起きた。それは「アザリア」同人で親友でもある保阪嘉内の学籍除名処分だ。驚愕した賢治は、事情をたしかめるために奔走するが、埒が明かなかった。

考えられることは、保阪の言動に、学校当局へ対して批判的なところが以前からあったこと、それに「アザリア」第五号の「社会と自分」に危険思想をかぎつけられたことだ。

ほんとうにでっかい力。力。力。力。おれは皇帝だ。おれは神様だ。
おい今だ、今だ。帝室をくつがえす（ママ）の時は、ナイヒリズム。

特に、このような皇室転覆にも通じそうな文が、問題になった可能性はある。「ナイヒリズム」とは「ニヒリズム」の英語読みで、虚無思想のこと。同人仲間にしか配布されない発行部数なのに、どのようにして学校幹部に伝わったものか、今もって不明だ。

賢治がこの事態をわがこととして衝撃を受けたのは、保阪嘉内が親友だったからだけではない。自分の「復活の前」なども虚無主義として指弾されれば否定しようもなかったからだ。だのに、保坂は処分を受け、自分は卒業できる、いっそのこと自分も退学しようとまで思いつめた。

激動の卒業期をなんとかやりすごし、四月からは関豊太郎（せきとよたろう）教授のもとに、研究生としてのこる。しかし、六月には肋膜に異常のあることがわかり、山地を歩き回るのも要注意になってしまう。いきおい、研究生としての熱意は衰え、ふたたびこれからの生き様についての悩みが頭をもたげる。

この時期に童話「蜘蛛となめくぢと狸」や「双子の星」を聞かせてもらったと、弟宮沢清六（せいろく）は回想している。

童話へ向かいつつある傾向は、もっと早くに認めることができる。それが短歌の連作である。歌稿〔A〕では〔ひのきの歌〕とあり、歌稿〔B〕になると「大正六年一月」と題された二一首が、それだ。「第一日昼」にはじまり、「第七日夜」を経て、「第x日」で結ばれている。

さらに「大正七年五月より」、すなわち研究生となって以降に〔青びとのながれ〕があり、「アンデルゼン白鳥の歌」もある。〔青びとのながれ〕は、賢治の連作としてはもっとも注目すべき作品だが、〔B〕へ転写する際、賢治みずからがはずした。歌稿〔A〕よりも〔B〕に最終意思が反映されているはずなのに、〔A〕にも絶えず目を配らなければならない理由は、こういうところにある。

「アンデルゼン白鳥の歌」一〇首から、三首を引用してみる。

「聞けよ」(„Höre,“)
また、
月はかたりぬ
やさしくも
アンデルゼンの月はかたりぬ(690)

みなそこの
黒き藻はみな月光に
あやしき腕を
さしのぶるなり(692)

白鳥の
つばさは張られ
かゞやける琥珀のそらに
ひたのぼり行く（698）

これらは、アンデルセンの「絵のない絵本　第二十八夜」を下に敷いた作品群である。二首目の情景は、賢治自身が、シュールな絵画としても表現している。

「大正八年八月より」の稿になると、「北上川第一夜」にはじまり、「北上川第四夜」で結ばれる連作も出てくる。

これら以外にも、連作、あるいは連作的作品は目に見えて多くなる。その理由については、いくつかの面から考えることができる。賢治が盛岡中学校入学期に自我に目覚め、自己表現をはじめようとしたのは、石川啄木がきっかけだった。『一握の砂』を読み、「これなら自分にもやれる」と思って作りはじめる。

そのとき、外部の短歌世界にふれることはなかったから、自分の表現欲求にしたがって作るだけだった。したがって、つぎつぎと生まれる作品が、既成の歌の基本とずれていることは、知るよしもなかった。

盛岡高等農林学校時代に入ると、活動範囲が広がる。特に「アザリア」との交友が深まるにつれて、表現領域が複数あることを知り、社会や世界への関心も出てくる。

ここにいたったとき、五七五七七の形式に窮屈を感じるようになったとしても、不思議ではない。長い時間をかけて形成されてきた短歌表現の特徴には、一人称、すなわち〈私〉を基軸にするということがある。さらに五七五七七の韻律によって、横軸よりは縦軸へ、平行方向よりは垂直方向へ作品世界を深めていくことも、特徴としてある。

ところが賢治の場合、明確な一人称、すなわち〈私〉から出発しているわけではない。そればかりか〈私〉も、周辺の自然とほとんど同格だと感じとられている。このことをつきつめれば、全生命体の一つでしかありえない〈私〉へ行き着く。したがって一人称ではなく多人称であり、場合によっては無人称でさえある。

このような特異な感覚を、初期の賢治は気づいていない。ただ、表現欲にしたがって作歌を重ねるばかりだった。そして幸か不幸か、短歌界とのつながりがなかったから、批評の目にさらされることもなかった。

だが活動範囲が広がり、同輩との交友も深まるにつれて、しだいに縦軸よりは横軸へ歌を展開していきたい欲求が出てくる。その段階になって、連作はふえてきたのである。連作の方法を使えば、〈私〉を中心に据えることも、縦軸に思いを深めることも不要、自分の想定したドラマにそって、横軸へ展開していくことができる。

錫の夜を
そらぞらしくもながれたる

北上川のみをつくしかな（717）

ほしめぐる
みなみのそらにうかび立ち
わがすなほなる
電信ばしら（718）

北上川
そらぞらしくもながれ行くを
みをつくしらは
夢の兵隊（721）

などの「北上川第一夜」の連作は、こうして生まれた。

しかしこの表現方法によって、賢治の抱く不全感が完全に解消されたわけではない。作品としての出来ぐあいも、より上位になったとはいいがたい。〈私〉にかわって〈北上川〉が主人公として設定されたはずなのに、じつは〈北上川〉が主人公として仮定されただけで、得体の知れない〈ある私〉が、移り行く天地を描きとり、歌にしているだけなのだ。

ここに賢治の特異さはあり、大方の連作にも不全感をのこす結果となっている。

ただし、唯一といっていい力作がある。それが〔青びとのながれ〕だ。この連作一〇首は、歌稿〔A〕の「大正七年五月より」に収録されている。

〔あゝこはこれいづちの河のけしきぞや人と死びととむれながれたり〕（680）

〔うしろなるひとは青うでさしのべて前行くもののあしをつかめり〕（683）

〔あたまのみひとをはなれてはぎしりし白きながれをよぎり行くなり〕（689）

ある河を、人と死人の群が流れて行く。ただ流れるのではなく、足をつかんだり、背中を食(は)んだりするというのだから、凄惨きわまりない地獄絵図だ。この一連は、「アンデルゼン白鳥の歌」と同じ時期に作られ、のちには文語詩〔ながれたり〕としても再現されている。いきなり、なぜこのような連作を作ったのだろうか。そのヒントになる保阪嘉内あて書簡がのこされている。日付は大正七（一九一八）年十月一日（推定）。身体の異常を覚え、病院で調べたら肋膜の異変が見つかる。研究生のしごとはあきらめ、家に帰るほかないと思いはじめる、そういう時期の書簡だ。

おちぶれるも結構に思ひます。落魄れないと云ふのも大したことではないではありませ

んか
暖かく腹が充ちてゐては私などはよいことを考へません　しかも今は父のおかで暖く不足なくてゐますから実にづるいことばかり考へてゐます。

このように八方ふさがりになった心境を保阪に語り、つづいて〔青びとのながれ〕とほぼ同じ内容を文章化している。その結びとして、

流れる人が私かどうかはまだよくわかりませんがとにかくそのとほりに感じます。

と記している。つまり、将来を見通せないことへの鬱情をたぎらせ、その触発によって幻視された情景が〔青びとのながれ〕になったとわかる。「流れる人が私かどうかはまだよくわかりません」と書いているが、群の一人は自分にほかならないという思いが臨場感を生み、ただならぬ地獄絵図を展開させたことはまちがいない。他の連作には見られない緊迫度がこの一群にあるのは、自身の懊悩を作品の背景に置いているからだった。

大正七（一九一八）年十二月には、日本女子大学校在学中の妹トシが入院、母イチと共に看病のために上京する。母が帰った後も賢治が東京に留まり、大正八（一九一九）年三月には二人とも帰花する。この間、自分の職業を画策するが、父親の賛同を得ることができず、不本意な思いで家業に従事する。同年の七月、トシに歌稿の浄書をたのむということになる。賢治の方は、信仰の

問題をめぐっていよいよ政次郎と対立、ついに大正十（一九二一）年一月に国柱会を頼って家を出る。主な短歌制作も、急速に終息していく。

中学時代以来の作品は、いうなれば自分の内界の秘密に属する。それを、文学の同好者ならともかく、家族の目にさらけ出し、浄書を妹二人にゆだねたのは、秘密が過去になったことを意味する。

こうして賢治の短歌制作は終焉へと向かうが、そのまえにもう一点、付け加えておきたいことがある。〔青びとのながれ〕が、歌稿〔A〕にあって、〔B〕では掲載されなかったことについてはすでに触れた。逆に、〔A〕にはないのに、〔B〕になって出てきたのもある。盛岡中学校入学時を歌材にした（明治四十二年四月より）がそれだ。〔B〕を自分で編集し直す際に、自伝的要素を加えるために作り加えたと推定されている。

おなじように歌稿〔B〕になって加えられた作品群に、「大正十年四月」と題された四九首がある。この年の四月に、政次郎は上京中の賢治を伊勢・奈良方面の旅行に誘う。この旅行によって賢治を落ち着かせ、帰花させたいという目論見が父親にはあった。冒頭の「伊勢」には、

杉さかき　宝樹にそゝぐ　清とうの　雨をみ神に謝しまつりつゝ（763）

が置かれている。「清とう」とは「清透」で、清く透きとおっているさまのこと。伊勢を参るときは雨天。杉や榊には、清らかに透きとおらんばかりの雨が降る。このような雨を与えてくれ

た神に感謝したいという内容だ。

いきなり、背筋を伸ばした、正統すぎるほどの作品だ。これはどうしたことかと、読むものはおどろく。以下もすべて一行書きであり、しかもほとんどが短歌表現の基本にそった、まともな旅行詠である。

賢治短歌に不可思議を感じながらも、感性の豊饒さに魅せられてきたものは、ここにいたって「ついに創造の翼は地に落ちたのか」と落胆する。「なぜ、このような凡作まで収録したのか」と、賢治の意図をいぶかりさえする。

前衛短歌運動の影響を受けて短歌をはじめた私自身も、同じように受けとめてきた。前衛期の目指した大きな課題には、一人称からの脱却があった。作品の背後に〈私〉がへばりつき、心情の詩型にしていることこそが、短歌を狭隘な形式にし、ついには戦争協力詩にまで追いやったという反省がある。それを克服するには、まず一人称のしばりから自由になる必要があると考えた。

このような目によって賢治短歌に対したとき、基本からはずれたものとしてでなく、むしろ果敢な試行をしている興味深い作品群と映った。したがって、前衛期を通過した目が、賢治短歌を〈発見〉しはじめたといってもよい。ただし、この流れに沿って関西旅行詠へ行き着いたとき、いきなり旧物へと回帰した凡作と受けとめるほかなかった。

だが、以後も読みこんでいるうちに、つぎの可能性が考えられてきた。

歌稿〔B〕の編集段階で、自伝的構成にしようと、盛岡中学校入学時を冒頭に加えた。おなじように、歌稿〔B〕の終結として、この期最後のイベント「大正十年四月」を追加しようとした。そのように構成すれば、短歌制作期の開幕と終幕がはっきりする。

この開幕と終幕の作品は、すでに書きとめていたノート類から転写したのか、それとも新しく作り加えたのかという問題は残る。はっきりした資料は存在していないから、ここでは可能性を推し測るほかないが、中学入学時の歌稿は新たに追加した可能性が高い。なぜなら、入学当初はまだ、短歌に関心を向けていないからだ。それに対して関西行の作品群は、全四九首という多さであり、しかも、単なる旅行詠とは考えにくい歌もある。

ねがはくは　妙法如来正偏知　大師のみ旨成らしめたまへ（775）

おゝ大師たがひまつらじ、たゞ知らせきみがみ前のいのりをしらせ（780）

一首目には「根本中堂」、二首目には「大講堂」の小題がついている。「偏知」は正しい悟りを開いた如来のこと。両者の内容を簡略化すれば、教えをたがえたりしませんから、どうかお導きくださいということだ。

盛岡中学校時代以後の作品群に、独創性を読みとってきたものには、衝撃でさえある。あまりに作風はちがい、しかも旧来の文語脈に回帰しているからだ。

もっとも、創造の翼が急落した印象はあっても、ことばには凝縮度がある。技法自体にも衰退は認められない。それだけに、この時期になって「大正十年四月」がなぜ出現したのかが気になる。

この謎に近づくためには、賢治が上京し、国柱会で奉仕活動をする時期に立ち返る必要がある。理事の高知尾智耀と面談したおりに、ペンをとるものは「ぺんの先に信仰の生きた働きがあらわれる」と諭されたのは、年譜にも出ている有名な逸話だ。それを「法華文学」と受けとって、創作活動に熱中し、多くの童話が生まれたという道筋になっている。しかし、面談した時点における賢治の表現は、短篇や童話はいくつかあるものの、最も主力を注いできたのは短歌である。したがって、「法華文学」を提案されたとき、和歌史にすでにある「釈教歌」や「神祇歌」を想起するのは、むしろ自然である。

賢治は、父親との関西旅行を素材にしながら、旅行詠にまじえるかたちで神社・仏閣を祈願する釈教歌を作った。それが「大正十年四月」の歌群である。これまでの賢治短歌とはかなり異なる印象があるのも、このような動機のちがいによるものであり、創造力の失墜とはまたべつのことだと、私は考えるようになった。

歌稿〔A〕をもとに、さらに歌稿〔B〕を編むとき、自分の青年期までの表現活動を決算する意図があった。そのため冒頭に盛岡中学校入学期を加え、最後尾には、ノートの類から復活させて関西旅行詠を置いた。ここまでが、現存資料によって推定できることだ。

だが、〔B〕そのものも最終歌稿というわけではない。もし賢治がさらに存命していたなら、ふたたび多くの手入れがなされ、歌稿〔C〕へ、歌稿〔X〕へと進んでいっただろうことは、ほぼまちがいない。

六　まとめとして

これまで、宮沢賢治の短歌制作期を「盛岡中学校時代の歌稿」「盛岡中学校卒業から盛岡高等農林学校入学までの歌稿」「盛岡高等農林学校時代の歌稿」「盛岡高等農林学校卒業以後の歌稿」の四期に分けて見てきた。

このように学校時代によって区切ることは、創作者にとって必ずしも一般的でなく、賢治の場合も境界線のすべてが明確なわけではない。しかし、卒業後の身の振り方をめぐって、決まったように鬱情におちいる。それをくり返しているため、四期に区切りやすいのである。

鬱状態を招く原因は、家督として、家業を引き継がなければならないことにある。信仰問題で父親と対立し、改宗さえ迫るのも、つまりは行きどまりの事態におちいり、やけくそになったことの表れである。

解決の道はなかったのかといえば、じつは最も有効な策があった。それは家を離れ、経済的にも自立することだ。

ところが不思議なことに、賢治には自立志向がなく、親の庇護を嫌悪しながらも、脱出しようとしない。正確にいえば、ただ一度あった。それは家出して東京生活をはじめたとき。政次郎は心配して生活費を送るが、賢治は意地を張って返却する。今度こそ、家督からも家業からも脱し、経済的自立を図ろうとした。だのに、関西旅行に誘われたときの費用は、父親に負担させていただろうから、矛盾している。

他方、政次郎はどうだったかといえば、こちらもまた、息子を勘当する発想がはじめからない。この親子関係には、血脈同士の愛着を超えた不可思議さがあり、したがって一冊の小説にしたくなるほどに、興味深い。

もっとも、そのために進路の切れ目、切れ目で精神的異変を起こすことにつながったから、制作期に区切りをつけることでは助かる。

それならば、表現された短歌作品はどういうものだったかといえば、公開当初はもとより、ごく最近まで、どのように手を出したらいいのかわからない難物と見られてきた。なぜなら、かなりの作品は既成の短歌観では容易にすくい切れず、したがってどの系譜にも当てはめようがなかったからだ。そのさまを四期に分けてたどってきた今、さらにとりあげておきたい問題が、少なくとも二点はある。

第一は、若い日の短歌制作は、単なる若書き・習作にすぎなかったのか、それとも表現者宮沢賢治に、もっと深い〈なにか〉をもたらしたのかどうかという問題。

第二は、賢治短歌は、短歌史からはずれた〈異変〉にすぎないのか、それとも現代の短歌に通い合う〈なにか〉が潜在しているのかどうかという問題（「現代短歌」の呼称を使うと、「近代短歌」に連続するイメージになる。ここでは「現代短歌」以後の現在をさしたいので「現代の短歌」ということにする）。

まず、第一について。歌稿〔B〕をもって主たる短歌制作は終わったものの、多くの作歌の積み上げを通じて、韻律感覚が血肉化していた点をあげなければなるまい。その最晩年における表れが、絶筆二首だった。絶筆に関しては、賢治研究者であり、文体研究者であり、書家でもある原子朗が、

おそらく推敲の余裕もなく、全身から吐き出される大きな吐息のように、ごく自然によどみなく二首は流れ出た形跡が、半紙に書かれた筆跡からも読みとれる。

（「生命と精神——賢治におけるリズムの問題——」「国文学解釈と鑑賞」一九八六年一二月号）

と指摘し、「死に臨んで短歌が全身から流れ出た」とも語っている。生を閉じるにあたって全身から流露したのが短歌だったことは、韻律感覚がまぎれもなく潜在しつづけていたことを物語る。

もっとも、韻律感覚を短歌形式だけに限定するわけにはいかない。なぜなら、絶筆のはるか以前に書かれた童話「どんぐりと山猫」「鹿踊りのはじまり」などにも韻律は生きており、しかもその通路にしたがって遡行すれば、原始、さらに原初へと行き着くからだ。

童話のみならず、散文にすらその痕跡を認めることができる。農学校教師をやめて羅須地人協

会を起こすとき、賢治は「農民芸術概論綱要」を書く。なぜ農民芸術を起こそうとするのかを説いた、いうなれば述志の文だ。

……おお朋だちよ　いっしょに正しい力を併せ　われらのすべての田園とわれらすべての生活を一つの巨きな第四次元の芸術に創りあげようではないか……

まづもろともにかがやく宇宙の微塵となりて無方の空にちらばらう
しかもわれらは各々感じ　各別各異に生きてゐる
ここは銀河の空間の太陽日本　陸中国の野原である

などを読むと、志を意味として述べるだけでなく、韻律を内在させた声として伝えようとしたことがわかる。そこで私は、「農民芸術概論綱要」を「思想歌謡」と名づけてきた。

たしかに、若い日の短歌制作は、韻律感覚の生成にかかわり、しかも原初を感応する通路ともなってくれていた（もっとも、全てが短歌のおかげだとするのはいいすぎで、生まれ持った資質もあったはずだから、「そうとう程度の影響」と考えておきたい）。

なぜこのようなことが可能になったかを説明するのは、容易でない。なによりも短歌そのものの成立地点に降り立ち、多角的に検証していく必要がある。それは、目下の自分の力量を越えることなので、ここでは見取り図だけ記しておきたい。

よく短歌には、一三〇〇年の歴史があるといわれる。それは『万葉集』成立を起源とするからだが、賢治短歌を考える場合、少なくとも約一万六千年以前まで射程距離をのばす必要がある。約一万六千年以前とは、日本の縄文時代であり、その一つの目印として青森県の三内丸山遺跡がある。現在との比較でいえば、道具類は乏しく、文字もまだできていないが、その文化は現代人が想像するよりもかなり豊かだ。文字のない分、声で伝えあい、謡い合うことによって、その時代ならではの文化を築いている。

これら「声の文化」を「文字の文化」と対比させ、世界的視野で追究した大著に、カンサスシティ生まれのウォルター・J・オング『声の文化と文字の文化』(藤原書店)がある。そのエキスの部分を取り出せば、「声の文化」には共同性・共有性がある、「文字の文化」になると個人の内面へ意識は向かい、思考が深化し、ついには思想を生み出していくということだ。

両文化の変遷を跡づけたものとして、まちがいなく傑出した論考だが、このエキスをより単純に、しかもあやまたずとらえた人に、まど・みちおがいる。彼は、はじめ童謡を多作し、のちに詩へと比重を移した。その体験を踏まえて、つぎのように発言する。

童謡には、ひとりの自分が創るのではなくて、自分の中のみんなが創るみたいな感じがあるのだろうか。詩を創るとき、この世でたったひとりの小さなひとつぶとしての存在が、身も世も非ず天を仰ぎみるようにしているところがある。

(谷悦子編『まど・みちお　研究と資料』和泉書院)

童謡とは、曲を想定し、声に出すことを前提にするから、「声の文化」に属する。そのときは「みんなが創るみたいな感じ」があるという。それに対して書きことばによる詩は、「たったひとりの小さなひとつぶとしての存在」から発する。

人間の文化史の観点からすれば、文字の文化は、声の文化をより高度なものにしたということになる。事実、「みんな」から「ひとり」へ移ることによって、思索は深まり、数々の思想も生まれ、ついにはこの世界で最上位にあるのは人間だという、人間中心主義に達したのだから。ところが、「みんな」をかならずしも旧物とみなさず、蔑視さえせず、むしろ両者を統合させようとする文学形式が、この国には生成されていった。

それが短歌である。したがって、短歌を作るということは、文字化された意味を読むにとどまらず、声の文化へ絶えず参加する、「詠む」行為でもある。この生成を可能にしたのが、五音、七音の構成に適した日本語によることは、いうまでもない。「短歌とはなにか」を解こうとするとき、一三〇〇年程度さかのぼっただけでは見えてこない、最低でも一万六千年の射程距離は必要だという理由は、以上にある。

賢治短歌に接近しようとするときも、やはり声の文化までの遡行は不可欠だ。表現形式の主力は、他のジャンルへ移っていったものの、韻律感覚は潜在しつづけた点はすでに指摘したとおりだが、それは五七五七七の形式だけをさすわけではない。この形式を通路として、声の文化へ、縄文へ、縄文以前へ、そして原初へと感応していった。その痕跡なら、童話にも詩にも、いくらでも見つけることができる。

もう一点、現代の短歌とのかかわりの有無について、考えておきたい。石川啄木を読んで歌をはじめた、北原白秋や斎藤茂吉によって短歌の魅力を知ったという話はよく聞く。おなじように宮沢賢治の短歌も、だれかに、なにかの影響を与えたかといえば、それはない。そもそも賢治は、歌人として私たちのまえに立ち現れてこなかった。歌稿が公開されるようになっても、詩人・童話作家となるまえの習作と見なされることがつづいてきた。

したがって、現代の短歌と共振するわけがないと、私は思ってきた。だのに近年になって、本当に無縁なのだろうかと、立ち止まることがふえている。

コーンフレークをこぼれる鱗とおもうとき朝という在り方は魚だ

冬至より夏至は慈しみが深い　スプーンにスプーンを重ねて蔵う

これらは千種創一『千夜曳獏』（青磁社　二〇二〇年五月一〇日刊）から。

風向が変わる（肉体とはつねに抜け道）草のひとつをつまむ

川は川をただ運ぶのみその様をきみに頭をあずけて見ていた

これらは阿波野巧也『ビギナーズラック』（左右社　二〇二〇年七月三〇日刊）から。

短歌は一人称形式という歌観に慣れてきたものには、とまどいが生じる。なぜならどこにはっきりした形での〈私〉があるのか、なかなか確認できない。やっと見えてきても、今度は〈私〉が、一首のなかでどのような位置を占めているのかがわからない。現代の短歌に、〈私〉の弛緩または不在がいわれるのは、道理といえば道理だ。ここでは例として二人だけをあげたが、同じ傾向は現代の短歌のかなりに、広まっている。

自分自身、どのような観点を据えたらいいのかわからないでいたが、いつしか、既視感を覚えるようになった。「これは、賢治短歌に見てきたことではないか」と。つまり、一人称を先立てるのでなく、他の事象と並列する、あるいはまったく不在にすること。

賢治の時代とははるかにへだたっているのに、なぜおなじような傾向が頻出するようになったのだろうか。この問いを反芻しているうちに、わかってきたことがある。

近代短歌以後の歴史を大づかみにいえば、まず自我の覚醒が最重要課題だった。しかしその熱気が落ち着くにしたがって、一人称詩としての情緒表現に狭隘化され、ついには戦争協力詩としても利用されていく。

戦後はこの反省に立ち、〈私〉を超克する方向として、主体性の確立が唱えられるようになった。それが前衛短歌期であり、不動と見られていた一人称性自体も変革の対象になる。

やがてこの時期が去り、ふたたび基軸としての〈私〉が再確認されて、現代短歌に行き着く。

ところが再確認期とほぼ入れ替わるように、〈私〉の成立しがたい時代に突入してしまった。しかも、この動向は世界規模であり、自我とか個性を口にすることさえ、旧態じみてしまった。背景にあるのは、人間力を総なめにする科学力であり、情報力だ。事態は、日常の隅々にまで及んでいるから、誰ものがれることはできない。身近な例でいえば、健康不安で病院にいっても、身体の触診よりも血液検査の数値が重要視される。すなわち個人は生身の存在ではなく、数値的存在でしかない。

これはほんの一例であり、おなじようなことは、あらゆる面で生じている。「自我」や「主体」は勿論、「一人の私」でさえ、成立しがたくなった。現代の短歌が、〈私〉の輪郭不明、不在となったのも、根は共通している。

ところで、思いがけないことに、輪郭不明については賢治がすでに体験し、賢治短歌として記しとどめていることだった。〈私〉不在では、短歌表現としての成立がむずかしいということもふくめて、先駆的な作業でさえあった。じっさい、賢治はやがて他の領域へ移行していく。それまでなんとか五七五七七を持ちこたえたのは、文語脈を教養として身に着けていたからである。一行書きにとらわれず、二行から六行まで幅を広げ、それによって散文化をこころみているが、いずれの場合も文語脈は守っている。

その点、現代の歌人たちは賢治の時代とはべつの困難さを負っている。教養としての文語脈を壊滅させ、口語脈が主になってしまったことだ。文語脈は、漢詩文や古文を積み上げることによって生成された。しかし、昭和二十（一九四五）年を境にしてこの教養は衰えはじめ、現代にいたってほぼ消え去ろうとしている。

そのため現代の歌人たちは、口語を五音、七音に近づける工夫をしたり、記号や句跨りを多用することによって短歌表現たらしめようとしている。これらの工夫によって、表現が自由自在になり、新たな境地を垣間見せているのはたしかだが、常に危うさをともなっている。サーカスでたとえるなら、賢治短歌の場合は、補助棒を両手に持った綱渡りに相当する。補助棒とは、文語脈のことであり、これがあることによって危うさを切りぬけることができた。

それに対して現代の短歌は、補助棒なしの、むき出しの綱渡りだ。一見、このうえなく自在に見えて、転落の危機は常にある。

だからといって、借り物の補助棒を用意することはできない。〈私〉の成立しがたい時代の渦中にあり、その渦中を語ることばが見つからないときは、素手で手に入れていくほかはない。このような、未知の領域からことばを奪取することこそが、文学するということであり、若い日の賢治がやったことも、本質的にはおなじことだった。

賢治短歌には、今なお、解読不十分の謎が多くのこされている。近代短歌としては、最後の秘境でもある。今後、現代の歌人の目によってこそ、より深く、より豊かに、読み解かれていく可能性がある。

〈主要参考文献〉

『校本 宮澤賢治全集』（筑摩書房）
『【新】校本 宮澤賢治全集』（筑摩書房）
ちくま文庫『宮沢賢治全集』（筑摩書房）
『宮澤賢治歌集』森荘已池校註（未知谷 二〇〇五年）
【新編】宮沢賢治歌集』栗原敦・杉浦静編（蒼丘書林 二〇〇六年）
『文語詩人 宮沢賢治』岡井隆（筑摩書房 一九九〇年）
『言葉の流星群』池澤夏樹（角川書店 二〇〇三年）
『宮沢賢治の世界』吉本隆明（筑摩書房 二〇一二年）
『宮沢賢治の真実 修羅を生きた詩人』今野勉（新潮社 二〇一七年）
『銀河鉄道の父』門井慶喜（講談社 二〇一七年）
『サガレン 樺太／サハリン 境界を旅する』梯久美子（角川書店 二〇二〇年）
『声の文化と文字の文化』W・J・オング 桜井直文・林正寛・糟谷啓介訳（藤原書店 一九九一年）
『まど・みちお 研究と資料』谷悦子編（和泉書院 一九九五年）
「生命と精神――賢治におけるリズムの問題――」原子朗（「国文学解釈と鑑賞」一九八六年一二月号）
『詩人まど・みちお』佐藤通雅（北冬舎 一九九八年）
『賢治短歌へ』佐藤通雅（洋々社 二〇〇七年）
『千夜曳獏』千種創一（青磁社 二〇二〇年）
『ビギナーズラック』阿波野巧也（左右社 二〇二〇年）

宮沢賢治年譜

梅内美華子作成

明治29〈1896〉	0歳	◇8月27日（戸籍では8月1日）、岩手県稗貫郡里川口村（現花巻市豊沢町）に父政次郎、母イチの長男として生まれる。家業は質・古着商を営んでいた。
31〈1898〉	2歳	◇妹トシ誕生。
34〈1901〉	5歳	◇妹シゲ誕生。
35〈1902〉	6歳	◇9月、赤痢を病み隔離病舎に入る。
36〈1903〉	7歳	◇花巻川口尋常小学校に入学。
37〈1904〉	8歳	◇弟清六誕生。
39〈1906〉	10歳	◇夏期仏教講習会（大沢温泉。講師暁烏敏）に参加。鉱物の収集や昆虫の標本作りに熱中する。
40〈1907〉	11歳	◇妹クニ誕生。花城尋常高等小学校高等科一年となる。鉱物採集に熱中して「石っこ賢さん」と呼ばれる。
42〈1909〉	13歳	◇県立盛岡中学校（現盛岡第一高等学校）に入学。寄宿舎自彊寮に入る。岩石標本採集に熱中。
43〈1910〉	14歳	◇6月と9月、岩手山登山。
44〈1911〉	15歳	◇この年あたりから短歌創作始まる。
明治45〈1912〉（大正元）	16歳	◇5月、松島・仙台方面への修学旅行。

大正2〈1913〉 17歳

◇寮の舎監排斥運動の結果、退寮となり北山の清養院に下宿。のちに徳玄寺に移る。

◇5月、北海道修学旅行。

3〈1914〉 18歳

◇3月、盛岡中学校卒業。4月、肥厚性鼻炎の手術と高熱で盛岡市の岩手病院に一か月入院。同年の看護婦に恋。秋に島地大等編「漢和対照 妙法蓮華経」を読み感動。

4〈1915〉 19歳

◇4月、盛岡高等農林学校農学科第二部（現岩手大学農学部）に首席で入学。寄宿舎自啓寮に入る。妹トシ日本女子大学家政学部へ入学。

5〈1916〉 20歳

◇3月、修学旅行で東京・京都・奈良の各農事試験場等を見学。

◇自啓寮の南寮九室の室長となる。5月20日、寮の懇親会の出し物で保阪嘉内作「人間のもだえ」を上演する。

◇7月、関豊太郎教授の指導下に盛岡地方地質調査。

◇8月、関教授の指導の秩父地方地質調査見学に参加。

◇9月、「校友会々報」に「健吉」の名で短歌29首を発表。

6〈1917〉 21歳

◇4月、盛岡市の玉井方に下宿。

◇7月1日、小菅健吉、保阪嘉内らと同人誌「アザリア」創刊。「校友会々報」にも「銀縞」の名で短歌を発表。

◇7月18日、「アザリア」第2号発行。8月、江刺郡地質調査。

◇9月16日、祖父宮沢喜助死去。

◇10月17日、「アザリア」第3号発行。10月下旬、弟清六らと岩手山登山。

7〈1918〉22歳

◇12月16日、「アザリア」第4号発行

◇2月20日、「アザリア」第5号発行、断章「復活の朝」発表。保阪嘉内、退学処分となる。

◇3月、盛岡高等農林学校卒業、4月から同校研究生となる。9月まで関教授指導下に稗貫郡土性調査。

◇6月26日、「アザリア」第6号発行

◇12月、妹トシの看病のため母と上京。

8〈1919〉23歳

◇3月、退院したトシとともに帰郷。家業に従事。

9〈1920〉24歳

◇盛岡高等農林学校研究生修了。10月国柱会に入会。父に改宗を迫る。

10〈1921〉25歳

◇1月、上京、国柱会本部を訪れ、高知尾智耀に会う。本郷菊坂町の稲垣方に間借、東大赤門前の文信社で筆耕（校正係）、午後は街頭布教や国柱会本部での奉仕活動。8月、トシの病気の知らせを受け帰郷。

◇12月、稗貫郡農学校（のちの花巻農学校）教諭となる。「愛国婦人」12月号、1月号に「雪渡り」掲載。

11〈1922〉26歳

◇11月、トシ死去。これにより「無声慟哭」詩群を生む。

12〈1923〉27歳

◇4月、岩手毎日新聞に詩「外輪山」、童話「やまなし」「氷河鼠の毛皮」5月、「シグナルとシグナレス」掲載。

◇7月、樺太、青森、北海道旅行。

13〈1924〉28歳

◇4月、詩集『春と修羅』刊行。

◇12月、童話集『注文の多い料理店』刊行。この頃『銀河鉄道の夜』初稿成立。

14〈1925〉	29歳	◈森荘已池、草野心平らと交信始まる。「貌」「銅鑼」「虚無思想研究」に詩を発表。
大正15〈1926〉（昭和元年）	30歳	◈「月曜」1－3月号に童話「オツベルと象」「ざしき童子のはなし」「寓話・猫の事務所」を発表。
		◈3月、花巻農学校退職。4月から下根子で独居生活を始める。羅須地人協会の活動を始める。
		◈12月、上京。タイピストやエスペラント語の勉強、オルガンやセロを習う。高村光太郎を訪問。
昭和2〈1927〉	31歳	◈羅須地人協会での活動をしながら創作。2月、岩手日報に羅須地人協会の記事が出たことから当局の取調べを受ける。
		◈5月から肥料設計・稲作指導。夏は天候不順のため東奔西走の日々。
3〈1928〉	32歳	◈12月、急性肺炎となる。
4〈1929〉	33歳	◈自宅療養。4月、東北砕石工場の鈴木東蔵が合成肥料精製の相談で来訪。病状やや回復し、園芸を始める。9月、東北砕石工場を訪問。
6〈1931〉	35歳	◈2月、東北砕石工場の技師となる。
		◈7月、「児童文学」に童話「北守将軍と三人兄弟の医者」を発表。
		◈9月、上京先で発熱、帰郷後病臥。11月、手帳に「雨ニモマケズ」を記す。
7〈1932〉	36歳	◈病臥の日々。3月、「児童文学」に童話『グスコーブドリの伝記』を発表。母木光編『岩手詩集』や、「女性岩手」「詩人時代」に詩を発表。
8〈1933〉	37歳	◈9月21日、死去。国訳の妙法蓮華経を一千部作り配布するよう父に遺言。

執筆者略歴

佐藤通雅（さとう・みちまさ）
１９４３年、岩手県生まれ。歌人・評論家。「路上」編集発行人。歌集『昔話』、『強霜』（詩歌文学館賞）、『連灯』等。評論集『詩人まど・みちお』『賢治短歌へ』『宮柊二「山西省」論』等。

大西久美子（おおにし・くみこ）
１９６１年、岩手県生まれ。歌人。「未来」会員・「劇場」同人。２０１４年第六回中城ふみ子賞次席。歌集『イーハトーブの数式』（神奈川県歌人会第七回第一歌集賞）。

内山晶太（うちやま・しょうた）
１９７７年、千葉県生まれ。「短歌人」編集委員・「pool」同人。歌集『窓、その他』（現代歌人協会賞）。

横山未来子（よこやま・みきこ）
１９７２年、東京都生まれ。「心の花」選者。１９９６年短歌研究新人賞受賞。歌集『樹下のひとりの眠りのために』『花の線画』（葛原妙子賞）、『金の雨』。

嵯峨直樹（さが・なおき）
１９７１年、岩手県生まれ。「未来」会員。２００４年、短歌研究新人賞受賞。歌集『神の翼』『半地下』『みずからの火』。

吉岡太朗（よしおか・たろう）
１９８６年、石川県生まれ。２００７年、短歌研究新人賞受賞。歌集『ひだりききの機械』『世界樹の素描』。令和三年より筆名を長屋琴璃（おさや ことるり）とする。

尾崎朗子（おざき・あきこ）
１９６５年、東京都生まれ。「かりん」選者・編集委員。歌集『蟬観音』『タイガーリリー』（現代短歌新人賞）。

堂園昌彦（どうぞの・まさひこ）
１９８３年、東京都生まれ。「pool」所属。歌集『やがて秋茄子へと到る』。

梶原さい子（かじわら・さいこ）
１９７１年、宮城県生まれ。「塔」選者。２０１１年、現代短歌評論賞受賞。歌集『ざらめ』『あふむけ』『リアス／椿』（葛原妙子賞）、『ナラティブ』。

土岐友浩（とき・ともひろ）
１９８２年、愛知県生まれ。歌集『Bootleg』（現代歌人集会賞）『僕は行くよ』

アルカリ色のくも
宮沢賢治の青春短歌を読む

２０２１年２月20日　第１刷発行

編著者　佐藤通雅

発行者　森永公紀
発行所　ＮＨＫ出版
〒１５０-８０８１
東京都渋谷区宇田川町４１-１
電話　０５７０-００９-３２１（問い合わせ）
０５７０-０００-３２１（注文）
ホームページ　https://www.nhk-book.co.jp
振替　００１１０-１-４９７０１

印刷　近代美術
製本　ブックアート

Printed in Japan
ISBN978-4-14-016280-4　C0092